Pat McCraw
Duocarns – Suspiricons

Pat McCraw

DUOCARNS

Suspiricons

Kurzgeschichten

Pat McCraw
DUOCARNS – Suspiricons

ISBN: 978-3-943764-43-7

Covergestaltung: Sialyxz
Porträts: Norbert Nagy
Lektorat: Susanne Pavlovic

Alle Rechte bei:
2014 Elicit Dreams Verlag
Lieselotte Heinrich
Schieferweg 19
56727 Mayen

verlag@elicitdreams.de

Mehr über die Duocarns auf
http://www.duocarns.com

David

Inhalt:

Aduno & Barilon

Wir landen. Der stumme Befehl zuckte durch ihre Leiber. Aduno passte sich dem Landevorgang an, schwebte aus der Gemeinschaftsverwahrung und bewegte die Landeklappen. Die bleierne Schwere des langen Schlafes haftete noch an ihm. Endlich angekommen verspürte er ein leises Missfallen darüber, dass er die interessante Reise verschlafen hatte. Seine Neugierde auf die vorbeiziehenden Welten war unbefriedigt geblieben. Aduno verdrängte seinen Unmut, hatte ihm die lange Verbindung mit den übrigen Suspiricons doch gut getan und er fühlte sich ausgeruht und frisch.

Eifrig floss er zurück zu den anderen. *Wo sind wir?* Aduno war nicht der Einzige, der diese Frage stellte. Sie huschte wie ein Geist durch ihre Körper. *Lasst uns die Sternenkarten prüfen.* Über die Kuppeldecke des Schiffs schob sich auf ihren mentalen Befehl eine Übersicht der erreichten Galaxie. In der Mitte des Raums schwebend, zu ihrem Gemeinschaftsleib vereint, betrachteten die acht Suspiricons das ihnen fremde System.

Eine energiegeladene Welt namens Duonalia, dozierte Paduno, *deshalb hat uns der Transporter hierher geführt.*

Wie auch seine Gefährten verspürte Aduno den Drang das Schiff zu verlassen, um den neuen Planeten zu erkunden. *Kommt, wir gehen! Ich möchte mir so gerne alles ansehen,* bat er, wollte sich aus dem Konglomerat lösen, um voranzustreben. Er wurde gebremst.

Wir betreten diese Welt gemeinsam, denn wir wissen nicht, was uns dort erwartet. Diese Botschaft rollte zwingend durch ihre Sinne. Gleichzeitig öffnete Taduno das Gate.

Es war wunderbar, sich nach der langen Reise wieder bewegen zu können, auch wenn er die Gemeinschaft nicht verlassen durfte. Sie schwebten aus dem Raumschiff, streiften einen duftenden Erdboden, umflossen fremdartige Gewächse. *Seht! Riecht!* Begeisterungsbekundungen durchströmten die Verbindung, die sich gemächlich löste.

Beglückt und befreit floss Aduno zum Fuß einer hartstammigen Pflanze. Neugierig bewegte er sich den Stamm hinauf. Dieser verzweigte sich, bildete rote Blätter, die im lauen Wind des Planeten sanft klapperten. *Hier ist es schön!* Er war nicht der Einzige, der sich für ihre neue Heimat begeisterte. Entzückt schwebten auch seine Gefährten zwischen den Gewächsen hindurch, flossen über den mit niedriger Vegetation bedeckten Erdboden und sandten freudige Bekundungen aus. Natürlich war noch nicht klar, ob sie Nahrung finden würden, denn die Hartstämme lebten, besaßen jedoch nur eine sanfte, pflanzliche Kraft, die den Suspiricons auf Dauer nicht genügte. Jedoch konnten sie als Wohnung dienen, was Aduno besonders gefiel.

Er wollte gerne eines der Stamm-Gewächse für sich allein einnehmen, auch wenn er fühlte, dass einige Suspiricons offensichtlich der Meinung waren, dass getrennte Ruhestellen der Gemeinschaft schaden könnten. Aduno sandte eine beruhigende Welle in den Verbund. *Nichts kann uns trennen, das wisst ihr doch. Lasst uns die neue Welt mit Freude erkunden, ohne uns zu entzweien.* Beglückt spürte er die Zustimmung der Gefährten, festigte seinen Körper und kam vor dem Hartstamm, den er als Wohnung auserkoren hatte, auf die Füße.

Bevor Aduno sich zurückzog, blickte er glücklich um sich: Jeder der Suspiricons hatte sich eine geeignete Pflanze auserwählt. Er sah ihre weißen Leiber in dem kleinen Wäldchen schimmern und ihre durchsichtig strahlenden Hände die Gewächse streicheln. Sie waren angekommen.

Gut erholt von der langen Reise, begannen sie bei Anbruch des Tages mit ihrer Konferenz. Sie verbanden sich auf einer kleinen Lichtung, schwebten, wie morgendlicher Nebel, bequem auf dem taufeuchten Moosuntergrund. Aduno strich über die kleinen, glitzernden Wasserperlen und erfreute sich an deren lebendigem Glanz.

Hörst du zu?, drang die Frage zu ihm.

Er rollte sich auf die Seite, um auch mit der zweiten Hand die winzigen Pflanzen berühren zu können. Selbstverständlich vernahm er die Diskussion um das weitere Vorgehen, zumal sie sich im Verbund befanden. *Ich bin keiner der Planer und überlasse dies, so wie die anderen Heiteren, gerne Taduno und den Ernsten meiner Verbindung.*

Das wissen wir, war die Antwort und sie lächelten sanft über seine Art. Ja, sie sahen gleich aus, jedoch unterschieden sie sich in ihrem Geiste. Er blickte zu seinen ringförmig verschmolzenen Gefährten, deren materialisierte Gewänder in der fahlen Morgensonne schimmerten. Er liebte sie alle und das Bedürfnis, dies zu zeigen, ließ ihn zärtlich streichelnd durch das Konglomerat strömen und in jedem von ihnen ein Lächeln hinterlassen.

Sie fuhren fort, Pläne zu entwickeln. Jeder Suspiricon vermittelte dabei auf die ihm eigene Weise seine Gedanken und Gefühle, ließ sie stärkend und klärend das Konglomerat strömen.

Berührt fühlte Aduno die Trauer, die Baduno mit einfließen ließ, und die von den Gefährten sanft verteilt und aufgenommen wurde, um die Bürde gemeinsam zu tragen. Natürlich trauerten sie alle. Der eine mehr und der andere weniger, denn ihr Lebensraum war verloren, die Vielzahl der Konglomerate zerrissen, zerfetzt im Untergang ihres Planeten. Nur acht von ihnen war die Flucht geglückt. Es galt nun zu entscheiden, was weiter zu geschehen hatte.

Ich bin im Traum auf der duonalischen Welt unterwegs gewesen, habe in die Seelen der hiesigen Lebewesen geblickt. Wir sind in einer reichen, energiegeladenen Umgebung gelandet und es hat sich mir bereits ein Weg aufgezeigt, wie wir diese Kraft bekommen können. Sofort hielten alle in der Betrachtung ihrer traurigen Vergangenheit inne und lauschten gespannt Tadunos Ausführungen. *Wir bewegen die Bewohner dazu, uns ihre Lebenskraft gerne und freiwillig zu schenken. Das ist der einzige Weg.* Erleichtert ließ Aduno einen kleinen Strom Dankbarkeit in die Verbindung fließen. Wie alle Heiteren der Gemeinschaft begrüßte er es, geführt zu werden.

Und das Raumschiff? Die ängstliche Frage wallte durch die acht Leiber.

Das ist Teil meines Plans, antwortete Taduno.

Wie das?

Wir bauen damit ein Lockmittel.

Tadunos Gedanken, die durch das Konglomerat zuckten, lösten gleichzeitig die unterschiedlichsten Reaktionen aus. Die Gefährten bewerteten den Plan durchweg als positiv, einige äußerten echte Bewunderung, während andere die Idee als ungewöhnlich bezeichneten. Letztendlich waren alle dafür.

Sie trennten sich und machten sich ans Werk. Taduno hatte jedem von ihnen einen genauen Eindruck vermittelt, wie ihr Raumschiff zu behandeln war. Sie umrundeten es und verschmolzen die Leiber zu einem festen Kreis. Die Verformung des Gefährts begann.

Aduno bündelte seine Energien ebenfalls, ließ sie in das Metall strömen, das sich unter der Kraft der Suspiricons verformte, verzog und schmolz. Die Seitenteile türmten sich auf, verbanden sich, sie schlugen den Verbindungsbogen. Das Tor entstand. Taduno gab lediglich die Grundform vor. Die Heiteren begannen, das Werk zu verzieren. Sie zogen Ornamente und Schnörkel aus dem sich bereitwillig verbiegenden Metall. Aduno formte nach dem Vorbild des Waldes Blätter in allen Größen, die er über ihr ganzes Objekt verteilte. Er fühlte, dass auch die anderen Zufriedenheit ausstrahlten, und löste sich aus der Ringform ihrer Leiber.

Erfreut trat Aduno einige Schritte zurück, um ihr Werk zu betrachten. Das Raumschiff war verschwunden und dafür stand ein außergewöhnliches Kunstwerk mitten in dem roten Wäldchen ihrer neuen Heimat: Ein verzierter und verschnörkelter Metallbogen, der die Lebewesen anlocken würde zu kommen, um ihn zu betrachten. Wenn ihre Pläne aufgingen, würde er die Besucher verleiten, den Suspiricons die Nahrung zu geben, die sie brauchten. Nun mussten sie nur noch warten. Ein Gedanke, der Aduno erheiterte, war ihr Volk doch von der zeitlosen Sorte.

Die Zeit verrann während Aduno seine Umgebung erkundete. Durch seine nächtlichen Streifzüge kannte er mittlerweile den Planeten, auf dem sich ihr Wäldchen befand, schon sehr gut. Der kleine Wald mit den klappernden, roten Blättern schien einzigartig auf dieser Welt zu sein, wurde jedoch selten besucht. Deshalb strich sich Aduno verwundert die Locke aus der Stirn, als er von einem seiner Erkundungen im Morgengrauen heimkehrte und einen Bewohner des Mondes vor dem Tor stehen sah. Die übrigen Suspiricons schwebten nur lose vereint, unsichtbar für den Eindringling, in einiger Entfernung und betrachteten ihn interessiert. Um deren Gedanken zu teilen, verband Aduno sich augenblicklich mit seinen Gefährten und reichte Raduno, einem der Heiteren, die Hand. Die Freude über diesen ersten Kontakt war in dem Konglomerat deutlich zu spüren.

Die Bewohner haben zwei Geschlechter, um sich zu reproduzieren. Zu welcher Art gehört dieses Wesen?, fragte Aduno in die Runde.

Wir wissen es nicht. Es ist zu gefährlich, sich dem Individuum zu nähern.

Aduno signalisierte seine Zustimmung und beobachtete den Besucher, der neugierig mit der Hand über das Metall des Tores strich, die Ornamente und Blätter mit den Fingern nachzog. Das Wesen schüttelte erstaunt den Kopf und ließ sich ein kleines Stück vom Tor entfernt auf das weiche Moos des Waldbodens nieder, um von dort das Kunstwerk betrachten zu können. Es griff in seine Umhängetasche und förderte ein in Stoff gewickeltes Lebensmittel zutage, das es seelenruhig verspeiste.

Aduno versuchte, sich etwas näher an das Wesen heran zu bewegen, in der Hoffnung, genauer zu sehen, was der Besucher da aß, jedoch hielt die Gemeinschaft ihn zurück. *Nein, wir warten*, war die Botschaft.

Nachdem das einheimische Individuum gegessen hatte, zog es einen Behälter hervor, der offensichtlich eine Flüssigkeit enthielt. Es trank, betrachtete dabei weiterhin den Torbogen und rieb sich die Augen. Schläfrig ließ es sich ganz auf das Moos sinken.

Es schläft!, jubilierte die Gemeinschaft. *Wir können es genauer in Augenschein nehmen.* Nun gab es auch für Aduno kein Halten mehr. Das Konglomerat löste sich und umringte den Eindringling. Neugierig schwebten sie, wagten nicht, das Wesen näher zu untersuchen. Erst Faduno, der Ernste, brachte den Mut auf, kniete sich vor das Geschöpf und schob ihm vorsichtig das Gewand höher. Aduno erblickte Füße in geflochtenen Sandalen, lange gerade Beine und einen fleischlichen, kleinen Stab zwischen den Schenkeln. Dem folgten ein flacher Bauch, ein tiefliegender Bauchnabel und eine ruhig atmende Brust.

Sind das seine Geschlechtsmerkmale?, fragte Laduno im Geiste. *Es hat sein Geschlecht außen. Ein männliches Geschöpf?*

Adunos Neugierde siegte. Er kniete sich neben Faduno und berührte sacht das Geschlechtsteil des Mannes.

Vorsicht!, warnte Paduno, denn zu ihrem Erstaunen begann das Stück Fleisch sich zu verändern. Es richtete sich auf, wurde größer und stand vom Körper ab.

Das ist ein Signal für die Paarungsbereitschaft des Wesens, kommentierte Taduno. *Lass von ihm ab.*

Gehorsam blickte Aduno auf. Seine Gefährten neigten zustimmend die Köpfe. *Wir ziehen uns zurück.*

Sie vereinigten sich in einigem Abstand zu dem schlafenden Besucher und nahmen weitere Einzelheiten in sich auf.

Mir gefällt das lockige, dunkle Haar, durchlief der Gedanke Badunos die Gemeinschaft. *Und seht, es hat auch an den Augenlidern diese Behaarung. Das ist hübsch. Zeig uns, wie es sich angefasst hat, Aduno*, bat er.

Eine Bitte, der Aduno gern nachkam. Mit Freude über diese Erfahrung ließ er das Gefühl, das er bei dem Kontakt der weichen Haut des Mannes gespürt hatte, zu seinen Kameraden fließen, während Laduno ihnen den Eindruck des Gewand-Materials vermittelte. *Das ist eine angenehme Annäherung*, war die übereinstimmende Meinung. *Nun fehlt nur noch das weibliche Gegenstück, um in den Genuss von Nahrung zu kommen*, dozierte Raduno. Die Suspiricons lächelten. Das Tor war entdeckt worden. Alles Weitere war nur eine Frage der Zeit.

$$\mathcal{A}_B$$

Der Mann war nicht mehr wiedergekommen, was die Gemeinschaft nicht beunruhigte. Sie konnten lange ohne Nahrung leben, die aus den Aromen und Düften der Paarungszeremonien von fleischlichen Wesen bestand. Alle Suspiricons zeigten sich zufrieden mit ihrem neuen Zuhause und liebten ihre Hartstammgewächse. Aduno wurde nicht müde, dem Geklapper der roten, feinadrigen Blätter zu lauschen, wenn er sich für die Nacht in das Gewächs zurückgezogen hatte. So auch an dem Abend, an dem die Unruhe entstand. Laduno, der Heitere, erspähte ihn zuerst. *Unser Besucher ist wieder da.* Das Flüstern breitete sich in den Wohnstämmen aus, huschte zu seinen Bewohnern. *Seht, er hat ein Licht.*

Neugierig löste Aduno sich aus seinem Schlafraum. In der Tat, es war der selbe Mann, der sie bereits besucht und das Tor bestaunt hatte. Er trug eine kleine, blau leuchtende Lampe an einem Stab vor sich her, um den Weg zu erhellen. Wiederum stand er vor dem Tor, hob den Arm und schwenkte das Licht, um die Einzelheiten des Kunstwerks zu erkennen. Er schien zu überlegen, machte dann mutig einen Schritt, noch einen weiteren, und hatte so den Torbogen passiert. Er wandte sich um, erstaunt, dass nichts geschehen war, und schüttelte verwundert den Kopf.

Aduno lächelte. Was hatte der Besucher erwartet? Dass ihn das Tor in eine andere Dimension katapultierte? Interessiert verfolgte er die weiteren Handlungen des Mannes, der mit seiner schwankenden Lampe etwas am Boden zu suchen schien. Immer wieder beugte er sich hinab und hob Gegenstände vom Waldboden auf: Zweige und abgestorbene Äste. Er brachte seine Fundstücke zu einer kleinen Lichtung nicht weit vom Tor entfernt. Neugierig folgte Aduno ihm. Auch die anderen Suspiricons beobachteten aus einiger Entfernung sein Tun.

Der Mann schlug Steine aneinander. Funken entstanden. Er blies auf die am Boden liegenden Äste, so dass sie sich entzündeten. Danach löschte er seine blaue Leuchte, setzte sich mit gekreuzten Beinen auf den moosigen Waldboden und starrte in die Flammen seines kleinen Feuers.

Aduno mochte Wärme und liebte die übermütigen Feuergeister, die sich tanzend in den Flammenzungen bewegten, zusammenfielen und sich dann faul in die Glut legten. Er näherte sich, froh, dass der Mann ihn in seiner ätherischen Form nicht sehen konnte. Ihm gefiel, was der Einheimische geschaffen hatte. Auch die Gefährten wagten, nun näherzukommen. *Schaut, die Feuergeister tanzen!* Aduno hob die Arme und imitierte die munteren Wesen. Er tanzte wie sie, was Fröhlichkeit unter den Suspiricons auslöste. Paduno, Laduno und Raduno, die drei Heiteren schlossen sich seinem Tanzvergnügen lachend an, während die vier Ernsthaften ihnen zuschauten, nicht unfreundlich, jedoch ohne Lächeln. Daran war Aduno gewöhnt. Die Heiteren verstanden ihrerseits oftmals nicht die Betrachtungsweise der Ernsten. So wie jeder Einzelne geschaffen war, stellte er ein wichtiges Mitglied für die Gemeinschaft dar. Ihr Tanz wurde jäh gestört. Aduno ließ abrupt die Arme fallen. *Da kommt jemand.* Sie huschten, versteckten sich hinter den Hartstämmen, vorsichtig lugend, wer denn die Idylle störte. Das Weibchen des Mannes? Das wäre ein Glück für sie gewesen. Der Neuankömmling trug ebenfalls eine schaukelnde, blaue Lampe. Sein helles Gewand war in der Dunkelheit gut zu erkennen. *Seht! Es ist ein männliches Wesen. Auch er hat schönes Haar.* Es war natürlich Baduno, der diesen Gedanken äußerte. In der Tat, im Gegensatz zu dem ersten Besucher mit dem braunen Lockenkopf, trug dieser eine lang auf den Rücken hinabwallende, pechschwarze Haarpracht. *Wie wunderschön!*

Ist es normal, dass man immer das bewundert, was man selbst nicht besitzt?, fragte der ernste Faduno und strich sich durch sein helles, eng am Kopf anliegendes Blondhaar. Alle Suspiricons besaßen diese Haarfarbe.

Während der neu angekommene Besucher sich zu dem ersten Mann setzte, ließ Aduno seinen Blick über die geliebten Gefährten schweifen. Sie waren schön, ätherisch und wunderbar, goldblond mit intensiv schillernden, blauen Augen – und ja, sie sahen alle gleich aus. Nur er – Aduno blies sich die Locke aus der Stirn – er unterschied sich durch eben diese geringelte Haarsträhne, die ihn seit seiner Erschaffung begleitete. Wie oft hatte er sie zurückgestrichen, um sie in sein Haupthaar einzugliedern, jedoch vergeblich.

Hört, sie sprechen! Neugierig näherten sich die Gesellen dem kleinen Feuer mit den beiden Männern. *Bitte hilf uns sie zu verstehen*, bat Aduno den ernsten Taduno, der sich den Sprachen verschrieben hatte.

Die Suspiricons reichten sich die Hände und bildeten einen Ring. Mit den Füßen über dem Waldboden schwebend, begann Aduno sich in der Verbindung zu bewegen. Sie drehten sich im Kreis. Tadunos Wissen schwamm los. Zunächst langsam, floss es durch die sich drehenden Gefährten, kam bei ihm an. Sie rotierten schneller. Mit der Geschwindigkeit gewannen die Männerstimmen neben ihnen an Klarheit. Er konnte Satzpartikel erfassen, Bruchstücke. Die Suspiricons hielten inne. Nun waren die Worte der Besucher klar zu verstehen. *Wir danken dir, Taduno!* Dankbarkeit floss durch ihren Ring, der sich auflöste, wie Butter in der Sonne schmilzt.

Rasch versammelten sich die Gefährten um die beiden Männer und ihr Feuer. Sie standen an die Gewächse gelehnt, hockten sich hin oder legten sich ins duftende Moos, um zu lauschen.

»Ich habe dieses Tor vor einiger Zeit entdeckt«, erklärte der eine. »Ich verstehe nicht, wie es hier hingekommen sein könnte. Das Material ist mir völlig unbekannt, Seran.«

»Ach, ist das nicht gleichgültig?« Seran lächelte und ergriff die Hand des anderen. »Ich fühle, dass es uns Glück bringen wird. Es strahlt Verschwiegenheit aus und kennzeichnet einen ausgezeichneten Treffpunkt. Schau, ich habe sogar eine Flöte mitgebracht. Ist es nicht der richtige Ort, um ihn mit Musik zu füllen? Ein Platz, der nur uns und unserer Liebe gehört.«

Sie lieben sich. Ein Raunen ging durch die Suspiricons. *Wie kann das sein?*, fragte Saduno. Aduno legte den Finger auf die Lippen, um ihn zum Schweigen zu bringen, denn er wollte Serans Flötenspiel lauschen. Die Töne schwangen sich hoch in die Abendluft wie kleine, schwarze Nachtvögel, die, sich freudig in den Lüften drehend, zögernd ihre Farbe verloren und dann verblassten.

»Gefällt dir mein Lied, Thar?«, fragte Seran, nachdem er die Flöte abgesetzt hatte.

»Oh ja, obwohl ich mir noch Schöneres für deine Lippen vorstellen könnte. Komm her.«

Zum großen Erstaunen der Suspiricons zog Thar Seran in seine Arme, schmiegte zunächst seine Lippen an den Mund des anderen Mannes und fuhr genussvoll tastend seinen kräftigen, weißen Hals hinab. Rasch nestelte er am Gewand seines Partners, öffnete den Schulterverschluss und streifte den Stoff herunter.

Seht! Aduno war ebenso erstaunt wie seine Gefährten. Sie hatten auf die Paarung eines männlichen und weiblichen Wesens gehofft. Zärtlichkeiten unter Gleichgeschlechtlichen waren ihnen niemals zu Gesicht gekommen.

Bewunderung wallte durch die Gruppe der Suspiricons über Serans Schönheit, der sich nun völlig entblößt, mit voll aufgerichtetem Geschlecht vor ihnen im Moos wand. Wie ein Windstoß wehten sie näher, fasziniert und angezogen. Thar liebkoste den dahin gegossenen Leib mit den Lippen und den Händen. Er verweilte auf Serans Glied, was diesem ein lautes Stöhnen entrang.

»Warte.« Er löste sich von seinem Liebhaber und drehte sich, um seinerseits Thars Schweif mit dem Mund zu erfassen, zu küssen und zu verwöhnen. Vom rötlichen Schein des Feuers beleuchtet, die kräftigen, weißen Leiber nebeneinanderliegend, verschlangen sie den Luststab ihres Partners mit einer solchen Leidenschaft, dass es beiden Männern den Schweiß auf die Haut trieb.

Aduno zitterte vor hungriger Erregung. Er konnte den Blick nicht mehr von Thars Schenkel abwenden, auf dem winzige Schweißperlen standen. Auch seine Gefährten hatten sich genähert, zitternd vor Begierde, Nahrung zu erhaschen. Vorsichtig floss Aduno im Schatten der beiden Körper flach an den Boden gedrückt heran, konnte nicht an sich halten und schwebte kurz mit den Lippen über Thars Lenden, um seinen Hunger zu stillen.

Der Mann hielt inne, kratzte sich an der Stelle, die Aduno gestreift hatte, und fuhr dann mit seinen wollüstigen Umtrieben fort.

Er hat es bemerkt! Diese Erkenntnis ließ alle Suspiricons ein kleines Stück zurückweichen. *Thar hat die Berührung gespürt. Keine Annäherung mehr,* warnte der ernste Saduno. *Haltet euch zurück.*

Aduno leckte sich über die Lippen. Er war der Einzige, der Nahrung erhalten hatte, und versuchte, sie mit seinen Gefährten zu teilen, was ihm nicht gelang, zumal sie noch verstreut um die Szene verharrten und nicht im Konglomerat verbunden waren. *Haltet ein, auch unsere Stunde wird kommen. Seht, was passiert.*

Die Leiber der Liebenden zuckten, als sie fast zur gleichen Zeit ihre Fortpflanzungssäfte eruptiv von sich gaben, sich gegenseitig lustvoll die Münder damit füllten, sie schluckten und wollüstig seufzten und stöhnten.

Obwohl nicht verbunden, fühlte Aduno das Erstaunen und die Faszination seiner Gefährten sowie eine leichte Erregung. Gleichzeitig spürte er jedoch auch die Gefahr – ungewöhnlich für einen der Heiteren. *Lasst uns Abstand gewinnen. Wir müssen Vorsicht walten lassen. Sie* werden gleich aus ihrem Liebesrausch erwachen und wieder aufmerksam sein. *Es ist nicht klug, weiterhin so nah bei ihnen zu verharren.* Eine Welle der Zustimmung traf ihn.

Die Suspiricons entfernten sich auf die andere Seite des Tores, fort vom Feuer und von den beiden Männern. Aduno fühlte ein leichtes Bedauern, denn nun sah er deren weiteren Zärtlichkeiten nicht mehr.

Schnell schloss Aduno sich mit seinen Gefährten zusammen. *Das war ein wahrlich einschneidendes Erlebnis.* Diese einhellige Meinung herrschte vor. *Dies war kein Fortpflanzungsritual, sondern eine reine Vereinigung der Lust, was ebenfalls brauchbare Nahrung für uns darstellt.* Aduno stimmte zu. *Gibst du uns eine kleine Probe von dem, was du ergattert hast?*

Erfreut teilte Aduno das Aroma der Erregung mit seinen Kameraden. *Wieso hat der Mann meine Annäherung bemerkt?,* rätselte er. Die Frage kreiste im Konglomerat, ohne dass jemand eine Antwort wusste. *Ich kann mir nur vorstellen, dass diese duonalischen Wesen feinfühliger sind als die Bewohner unserer alten Welt,* mutmaßte Baduno.

Aber wie lösen wir dieses Problem?, fragte Aduno neugierig.

Die Zeit wird uns die Antwort bringen. Es war Taduno, der den Gedanken mit einfließen ließ.

Zufrieden mit dem vorläufigen Ergebnis und ohne die Besucher weiter zu beachten, lösten sie sich und verschwanden in den Hartstammgewächsen, um zu ruhen.

Auch Aduno war glücklich, nun in seiner Abgeschiedenheit das Ganze überdenken zu können. Dies war ein ausgesprochen aufregender Abend gewesen.

Der nördliche Mondplanet schob sich über die milde Sonne. Es dämmerte auf dem westlichen, duonalischen Mond.

Aduno verließ sein Hartstammgewächs, von dem er nun wusste, dass die Bewohner des Planeten es als »Baum« bezeichneten. Immer zwei Suspiricons durften den Dienst am Tor versehen. An diesem Abend würden Baduno und er am Tor stehen und speisen.

Thar und Seran waren die ersten Besucher des Tores gewesen. Einige Mondzyklen später waren sie in Begleitung eines weiteren Gastes erschienen. Von diesem Zeitpunkt an hatte sich das Wäldchen verändert. In jeder Nacht wurden Feuer entfacht. Männer kamen, spielten Musik, tanzten und suchten sich aus den Anwesenden einen Partner für eine lustvolle Verbindung.

Alles hat sich wunderbar entwickelt, dachte Aduno und flocht liebevoll einen weiteren Kranz aus den Blumen, die seine Gefährten bereits im Morgentau im Unterholz pflückten. Sie fertigten duftende Blumenkränze für die Gäste, die sie am Tor erwarten durften – materialisiert und in sichtbarer Gestalt.

Niemand hatte gefragt, woher sie kamen. Keiner der Männer wollte es wissen – so wie auch sie nicht ihre eigenen Namen und ihre Herkunft preisgeben mochten.

Zufrieden nickte Aduno seinem Gefährten Baduno zu. Gemeinsam trugen sie den geflochtenen Korb mit den Kränzen zum Tor, entzündeten die Fackeln, damit die Gäste den Weg fanden. Das edle Tor mit seinen glänzenden Rankenmotiven erschien besonders mystisch und erhaben im Licht dieser Baumharzfackeln, die Faduno und Laduno eigenhändig herstellten.

Aduno liebte diese Abende. Es mochte es, in die erwartungsvollen Gesichter der Männer zu blicken, wenn sie das Tor bei ihrem Eintritt in die Männerwelt passierten, um ihnen zur Begrüßung lächelnd einen Kranz auf die Häupter zu drücken. Oder war es schöner, sie auf dem Rückweg durch das Tor mit einem liebevollen Kuss auf die Wangen zu kosten? Dann lächelten sie befriedigt, duftend, mit Spuren der Lust an sich, umgeben mit der Nahrung der Suspiricons.

Beides war auf seine Weise anregend und er freute sich, wenn Aduno an jedem vierten Tag diesen Dienst versehen durfte.

Barilon spitzte die Ohren. Er mochte es, den Kunden im Gemischtwaren-Laden in Duonalia-Stadt zuzuhören. Die beiden Männer zwischen den Schubkarren voller Futter-Rüben verständigten sich nicht laut, sondern telepathisch, was nicht weiter ungewöhnlich war. Allerdings **wie** dort gesprochen wurde, erregte Barilons Aufmerksamkeit. Abgehackt, nur das Nötigste, schnell ausgetauscht. Ein Geheimnis. Das fühlte er. Barilon drückte sich in eine Wandnische mit hölzernen Rührlöffeln und anderem Küchengerät, um nicht gesehen zu werden.

»Ja, Treffen, westlicher Mond, Männerwelt. Ein rotlaubiges Wäldchen. Wir sehen uns dort.«

Ein Treffpunkt nur für Männer? Das war aufregend. Unbedacht bewegte Barilon sich und stieß mit der Schulter gegen einen Rührbesen, der zu Boden fiel. Sofort verstummte das Gespräch der beiden Kunden. Barilon reckte den Kopf aus der Nische und sah, dass die Männer sich trennten, als hätten sie niemals miteinander gesprochen und würden sich nicht einmal kennen.

Es war Zeit den Laden zu schließen. Der Besitzer des Gemüseladens, Dragan, war bereits nach Hause zu seiner Frau geeilt, die ein Kind erwartete.

Nachdenklich deckte Barilon feuchte Tücher über die Rüben, um deren Frische bis zum folgenden Tag zu erhalten. Er löschte die blauen Energielampen und verschloss die Ladentür.

Eine Männerwelt. Der Gedanke ließ ihn auf dem Heimweg nicht mehr los. Er eilte mit wehendem Gewand durch die vom Nachtgesang erfüllten Straßenschluchten, drückte die unscheinbare Tür zum Innenhof seines Häuschens auf und verschloss sie sorgfältig hinter sich. Seit seine Mutter gestorben war, bewohnte er das kleine, bescheidene Haus alleine, das sich eng an die anderen um das Silentium gelegenen Domizile schmiegte.

In dem weiß gekalkten Atrium stand noch die Wärme des scheidenden Tages. Die Ismanien, die er vor einiger Zeit in irdene Gefäße gepflanzt hatte, waren dabei ihre Blüten für die Nacht zu schließen. Sie sonderten einen betörenden Duft aus, der schwer in der Luft lag. Ein gefleckter Serfeluskater, der zwischen den Pflanzen gelegen hatte, erhob sich bei Barilons Anblick, streckte sich und gähnte, wobei seine lilafarbene Zunge bis auf den Boden reichte. »Na das habe ich gern. Hier den ganzen Tag faul herumliegen«, tadelte er den Kater, dem er niemals einen Namen gegeben hatte. Im Grunde gehörte er ihm nicht einmal. Das Tier kam und ging, wie es ihm gefiel, und liebte es, sich an Barilons Dona gütlich zu tun. Wenn er es recht bedachte, war er ja froh, dass der gefräßige Serfelus ihn gelegentlich besuchte, denn ihn quälte die Einsamkeit, sobald er nach Hause kam.

»Lass uns essen.« Dieser Aufforderung kam das Tier gerne nach und folgte ihm in die Küche. Seufzend entnahm Barilon der Kühlkammer eine Kanne Dona und schüttete etwas in ein Schüsselchen unter dem Tisch, schenkte für sich einen Becher ein und setzte sich auf einen seiner beiden Flechtstühle.

Es wohnten inzwischen wieder mehr Duonalier in den Häusern ringsum. Seinerzeit hatten die Bacanis seine Landsleute nach und nach ausgerottet. Erst die neue Staatsgründung, die eine Gesetzgebung einführte, hatte dem Treiben der Bacanis Einhalt geboten. Regierung und Duonat waren wiederhergestellt, Quinari-Krieger sowie deren Kinder und Kindeskinder sorgten für die Einhaltung der Gesetze.

Barilon kannte diese schlimmen Zeiten nur aus Erzählungen. Er war daran gewöhnt, dass sich in den Straßen und Gassen von Duonalia-Stadt langhaarige, ruhige Duonalier, ruhelos wirkende Bacanis und Mischlinge mit mehr oder weniger großen Hörnern bewegten.

Der Serfeluskater strich ihm zum Dank für das Dona um die Beine und pfiff dabei leise. Er fühlte sich warm und angenehm an. Barilon genoss den kurzen Körperkontakt. Wie gern hätte er mehr davon gehabt. Allgemein wurde von einem Junggesellen wie ihm erwartet, dass er sich eine Ehefrau suchte. Jedoch war das auf Duonalia unendlich schwierig. Eine Frau für eine Kopulation zu finden kostete sehr viel Zeit und Geduld, denn das weibliche Geschlecht wollte lange und ausgiebig umworben werden. Erst danach waren sie bereit sich in das Ritual zu begeben, das seit Äonen vorgeschriebene Zeremonien beinhaltete. Die reine körperliche Vereinigung war darin nur äußerst kurz gehalten. Tanz und Gesang dominierten diese Handlung. Die meisten Frauen umgingen diesen Aufwand, indem sie sich künstlich befruchten ließen und dann in Ruhe ihre Nachkommen in ihren Elternhäusern großzogen. Er hatte wohl schon gehört, dass die Mischlingsfrauen aus den Duonaliern und den Quinari großzügiger seien, allerdings war ihm bisher keine solche Frau begegnet.

Barilon räumte seinen Becher fort und öffnete dem Kater die Tür, der im Innenhof verschwand. Es war müßig, über Fortpflanzung nachzudenken. Weibliche Wesen interessierten ihn nicht. Er hatte lange gebraucht, um zu dieser Einsicht zu kommen. Ja, er liebte seinesgleichen, was nach der duonalischen Moral verpönt, sogar verachtenswert war. Immer schon hatte er vorgeben müssen, auf der Suche nach einer Frau zu sein, auch als seine Mutter ihn einst zu vertrautem Gespräch herangezogen und besorgt ausgehorcht hatte.

Nachdenklich setzte Barilon sich an den Tisch zurück und stützte den Kopf auf die Hände. Er sah ständig hübsche Männer, wenn er im Laden arbeitete. Manche trugen enge Gewänder, die ihre wunderschönen Körper nachzeichneten. Vielen fiel ihr Haar lang und wallend bis zu ihren wohlgerundeten Hinterteilen über den Rücken. So ein Geschöpf zu entkleiden, zu berühren und zu verwöhnen – danach stand ihm der Sinn.

Was wäre, wenn er sich flugs waschen und umziehen würde und einfach ein Windschiff auf den westlichen Mond nähme? Er wusste in etwa, wo das besagte Wäldchen liegen musste. Ein kurzer Fußweg vom Hafen. Versonnen wand er eine seiner dunklen Locken um den Finger. Möglicherweise war da überhaupt nichts und er hatte die Kunden im Laden missverstanden. Wenn sich dort wirklich Männer wie er versammelten, dann konnte er vielleicht seiner Einsamkeit ein Ende setzen – wenigstens für eine Weile.

Aber was, wenn ihn ein Bekannter auf dem Weg dorthin sähe? Eventuell auf dem Windschiff. Er musste sich zuerst eine gute Ausrede ausdenken, was er denn auf dem westlichen Mond zu erledigen hatte. Er sah sich bereits mit Grauen stotternd und errötend Ausflüchte stammeln. Nein, dieser Ausflug wollte gut geplant sein. Er würde das nicht übereilen.

$$\mathcal{A}_{\mathcal{B}}$$

Das Windschiff hatte in der Dämmerung die energetischen Lichter entzündet, die seine silbrig glänzenden Segel eindrucksvoll beleuchteten. Barilon blickte flüchtig nach oben, klammerte sich dann erneut verkrampft an die Reling. Warum machst du dir Sorgen?, fragte er sich. Das Schiff ist fast leer. Und die paar Bacanis interessieren sich nicht für dich. Der Ausflug auf den westlichen Mond soll doch ein schönes Erlebnis werden, und du krampfst dich hier fest, als ginge es zu deiner Hinrichtung.

Entschlossen ließ Barilon die Reling los, stellte sich lächelnd und aufrecht hin. Er war gewillt, den vor ihm liegenden Abend zu genießen, selbst wenn sich das Gerücht als falsch und das besagte Wäldchen als verlassen erweisen würde. Dann hatte er zumindest einen schönen Ausflug und einen Spaziergang genossen. Diese Gedanken entspannten ihn allmählich. Im gleichen Moment legte das Windschiff am Hafen des westlichen Mondes an. Barilon verließ das Schiff und machte sich auf den Weg zu dem einzigen Wald des Planeten.

Ein bisschen kannte er sich auf diesem Mond aus, denn eine seiner Tanten hatte dort in einer Siedlung gewohnt. Nachdem sie verstorben war, hatte es nie mehr einen Anlass gegeben, diesen Ort zu besuchen.

Da es zu dunkel geworden war, um den Weg zu sehen, fischte er die kleine Laterne aus seiner Umhängetasche hervor und entzündete sie. Nun konnte er den Weg besser erkennen, der am Waldrand in einen mit weißen Steinen belegten Pfad mündete. Der Steinpfad schlängelte sich durch das Wäldchen, dessen rote Blätter leise im Wind klapperten. Barilon strengte seine Augen an, um zu sehen, wo dieser Weg endete. Sollte er wirklich weitergehen? Vielleicht würde er sich verirren. Zweifelnd stand er da.

Nein, wie konnte er sich verlaufen, wenn er immer nur dem Weg folgte? Ich gehe nur noch ein kleines Stück, beschloss er. Wenn ich dann nichts finde, kehre ich um. Genau, so mache ich es.

Mutig schritt er weiter.

Es war wahrlich ein geheimnisvoller Ort. Jeder Windstoß erhöhte die Lautstärke der klappernden Blätter, so dass es sich anhörte, als würden die Bäume ihm applaudieren, weil er so beherzt dem unbekannten Pfad folgte. Das weiße Licht der schwankenden Laterne huschte bei jedem seiner Schritte auf den glänzenden Steinen umher.

Was war das? Er hielt inne und lauschte. War das nicht leise Musik? Sein Herz schlug bis zum Hals. Da war wirklich jemand im Wald. Nun ging er zügig voran. In der Ferne flackerten Lichter. Fackeln? Ja, sie steckten an beiden Seiten eines – Barilon blieb überrascht stehen – eines Tores, das im Feuerschein glänzte.

Barilon wollte den Torbogen betrachten, der ihm fremdartig und mit seinen gewundenen Verzierungen wie ein faszinierendes Kunstwerk erschien, als zwei Gestalten, die dieses glänzende Tor flankierten, seine Aufmerksamkeit erregten. Staunend betrachtete er die beiden blonden Jünglinge, die ihm lächelnd und völlig gleich aussehend, mit Blumenkränzen in den Händen, entgegenblickten. »Willkommen!« Hatte einer der jungen Männer gesprochen? Er war sich nicht sicher. Wie festgewachsen stand Barilon unter dem Torbogen, betrachtete die offensichtlichen Gastgeber und konnte sich nicht sattsehen an ihren ätherisch wirkenden Leibern in den wallenden, fast durchsichtigen Gewändern, die mehr von ihren gutgewachsenen Körpern preisgaben, als sie verbargen. Wie schimmernd ihr über die Schultern fließendes Haar war. Er blickte von einem zum anderen. Ihre Gesichter, ihre Statur war völlig gleich, jedoch besaß einer von ihnen eine kurze, blonde Locke, die sich frech in seine edle Stirn ringelte. Der Jüngling bemerkte seinen Blick und strich sie mit einer raschen Handbewegung in sein Haupthaar, als sei ihm die Haarsträhne unangenehm. Das widerspenstige Haar ließ sich jedoch nicht bändigen und glitt sofort auf seine Stirn zurück. Das strahlende Lächeln des Jünglings schien Barilon für einen Wimpernschlag verlegen zu sein.

Ich stehe hier und starre meine Gastgeber an, fuhr es ihm durch den Kopf. Ich bin unhöflich. Ein kurzer Blick auf die sich ihm bietende Festivität bestätigte ihm, dass es sich bei den beiden um die Schirmherren dieses Festes handelte. Das Gerücht stimmte. Es fand eindeutig ein geselliges Beisammensein in dem Wäldchen statt, begleitet von leiser Musik und Tanz. Erstaunt betrachtete Barilon die rotbrennenden Feuer. Dort wurde, für Duonalia ungewöhnlich, Holz verbrannt.

Der Jüngling mit der Locke trat mit einer fließenden Bewegung näher an ihn heran und drückte ihm den Blumenkranz aufs Haupt. »Entspanne und vergnüge dich.« Wieder war er sich nicht sicher, ob der Mann laut gesprochen oder Telepathie benutzt hatte.

Das Ganze erschien ihm unwirklich, aber in keiner Weise bedrohlich. Er trat aus dem Torbogen. »Ich danke dir«, antwortete er telepathisch, erstaunt über seinen eigenen Mut. Der Jüngling verneigte sich und glitt zurück, um wieder, wie sein Freund, das geheimnisvolle Tor zu flankieren.

Barilon schritt vorwärts. Bemerkte nun erst, dass er die ganze Zeit seine Laterne in den Händen gehalten hatte, löschte sie und schob sie in seine Umhängetasche. Beleuchtet von den Flammen der kleinen Feuer, konnte er jetzt genau das Ende des weißen Weges und die auf der Waldlichtung anwesenden Männer erkennen. Es waren Duonalier in hellen Dona-Gewändern, die dort musizierten und tanzen. Einige lagerten im Moos unter den Bäumen, allein oder zu zweit. Er erblickte verrutschte Gewänder, streichelnde Hände auf weißen Schenkeln, schimmernde Haut, wo ein Kleid über die Schulter gerutscht und eine glatte, männliche Brust halb entblößt hatte. Er stand und staunte. Eines der Pärchen schmuste ganz offen, völlig versunken, ihre Lippen berührten sich.

Die Sicht auf diese für ihn gänzlich ungewohnte Freizügigkeit ließ das Blut in sein Geschlecht schießen. Der Stoff hob sich vorne an und verriet seine Erregung. Im gleichen Moment spürte er Schamesröte in sein Gesicht steigen. Ein paar Männer blickten ganz eindeutig auf sein gebauschtes Gewand und lächelten auffordernd. Barilon stand nun im Fokus einiger Anwesender, was ihm unangenehm und peinlich erschien. Was sollte er nun tun? Er wandte sich ab. Ein Seitenblick verriet ihm, dass sich die Betrachter seiner offensichtlichen Wollüstigkeit sofort anderen Dingen zuwandten. Gut, man würde ihn an diesem Ort gewiss zu nichts zwingen. Barilon entschied, sich hinzusetzen und wählte einen etwas abseitsstehenden Baum. Von dort konnte er den Platz mit den Feuern gut überblicken, der Musik lauschen und die anderen ungestört beobachten. Er ließ sich auf ein dickes Moospolster sinken. Ja, es stimmte, was die Kunden im Laden geflüstert hatten. Es gab diese Männerwelt und er, Barilon, saß mittendrin. Sein Glied hatte sich beruhigt und auch sein Gemüt kam nun allmählich zur Ruhe. Er begann diesen entspannenden Ort zu genießen, der so weit entrückt von der Wirklichkeit war. Die flackernden Flammen, die Gesichter und Körper der Männer in ein weiches, rotes Licht tauchten, die Musik, die sich wie eine laut gewordene Zärtlichkeit in sein Ohr schlängelte, das Aroma des Mooses, in das er seine Hände drückte. All dies trug dazu bei, dass seine Anspannung wich. Nun erst nahm er den betäubenden Duft wahr, der den Blüten seines Kranzes entströmte. An diesem Ort hätte er geborgen einschlafen können, wenn da nicht die Männer gewesen wären, die alle offensichtlich ein Ziel verfolgten: Körperliche Nähe zu einem der Ihren zu erlangen.

Interessiert beobachtete Barilon das Annäherungsverhalten, denn er wollte sich gern unauffällig in diese Gemeinschaft einfügen. Er sah die Blicke, eindeutige Gesten, das Lächeln. Worte wurden nur flüsternd oder telepathisch gewechselt. Sehr schnell hatten die Besucher sich untereinander verständigt und verschwanden leise lachend, Hand in Hand zwischen den Bäumen. Barilon brauchte seine Phantasie nicht anzustrengen, um zu wissen, was dann dort im Dämmerlicht geschah. Sie würden sich berühren, küssen, ihre Glieder mit den Händen und mit den Mündern verwöhnen. Möglicherweise würden sie – er bemerkte, wie dieser Gedanke ihn erneut in Erregung versetzte - sich gegenseitig mit ihren pulsierenden Stäben penetrieren, bis ihnen die warme, fruchtbare Milch entwich. Er schob die Hand auf sein Geschlecht, ergriff es durch den Stoff. Ein Blick auf die anderen zeigte ihm, dass er nicht der Einzige war, den die Situation erregte. Einige der allein verweilenden Besucher hielten ihr Glied ebenfalls unter ihrem Gewand umfasst und streichelten es.

In diesem Moment bewegte sich eine riesige Gestalt in sein Blickfeld, verstellte ihm die Sicht auf die Feuer und hüllte ihn in einen schwarzen Schatten. Der Mann ging in die Knie, um ihm ins Gesicht schauen zu können. Barilon fuhr der Schreck in die Glieder. Er löste sofort die Hand in seinem Schoß.

Der Neuankömmling war größer und muskulöser als die Duonalier. Auch trug er kein Gewand, sondern lediglich eine Hose aus einem graumelierten Material, und zeigte einen entblößten, mit kunstvollen, roten Linien bemalten, Oberkörper. Die graue Haut wies ihn als einen der gehörnten Quinari Ordnungshüter aus, mit dem Unterschied, dass dieser hier keine Hörner besaß, sondern lediglich kantige Hornplatten an seiner Stirn. Obwohl er sich fließend bewegte, schien der Mann alt zu sein, denn sein Gesicht war von Falten durchzogen. Gebannt betrachtete Barilon seine belustigt funkelnden, gelben Augen und dessen leicht spöttisch lächelnden Mund mit den blitzenden, weißen Zähnen. »Du scheinst neu hier zu sein.« Der Mann sprach leise, ohne Telepathie zu benutzen. Barilon erinnerte sich, gehört zu haben, dass die Ordnungshüter einem Volk von einem fremden Planeten entstammten und der Telepathie nicht mächtig waren.

Barilon schluckte verlegen und Furcht kroch in sein Herz. Er nickte. Der Quinari hatte sich auf seine Fersen ganz nah zu ihm gesetzt und blickte ihn durchdringend an. Der Mann hatte ihn erwählt, wollte ihn berühren. Das stand eindeutig in seinem Gesicht geschrieben. »Du bist schön. Ich mag dein Haar.« Mit aufgerissenen Augen sah Barilon die Hand mit den spitzen, kräftigen Klauen näherkommen, fühlte die Finger durch seine langen, schwarzen Locken streichen. Die Berührung war wie ein Hauch, voller Zärtlichkeit. Wie konnte der Quinari mit diesen gefährlichen Krallen so sanft streicheln? »Du sagst nichts? Bist du stumm?« Die andere Hand des Ordnungshüters schob sich seinen Rücken entlang und legten sich mit leichtem Druck auf sein Hinterteil. Barilon versteifte sich ängstlich. »Hab keine Angst. Ich werde nichts tun, was du nicht möchtest.«

Barilon nahm all seinen Mut zusammen. »Ich will, dass du gehst.«

Erstaunen zeichnete sich in dem Gesicht des Quinari. Er zog augenblicklich die Hände zurück, blickte ihn mit leicht schief gelegtem Kopf mit glitzernden Augen an. »Bist du sicher?« Barilon nickte mit zusammengepressten Lippen. Natürlich hatte er ein Abenteuer gewollt. Aber ihm war nicht bewusst gewesen, dass vielleicht Männer aller auf Duonalia lebender Völker in dem Wäldchen sein könnten. Die Quinari galten als unberechenbare, rauflustige Krieger. Was würde ihn mit so jemandem erwarten? Der Mann hatte ihn sanft berührt, was aber nichts heißen musste. Sein erstes Abenteuer in dieser Art, sein erster Geschlechtsakt – und dann mit einem so gefährlichen Wesen? Ein Schauer lief Barilon den Rücken hinab. Voller Panik sprang er auf.

»Entschuldige mich bitte.« Er ließ den Mann einfach sitzen und floh, bemühte sich nicht zu rennen, sondern sich langsam und unauffällig in Richtung des Tores zu entfernen.

Die Musik hinter ihm wurde leiser, erschien ihm wie ein wisperndes Lachen. Er ging schneller. Da war das Tor. Dort standen die Jünglinge. Sie schienen ihm mit einem Mal vertraut, empfingen ihn lächelnd.

Der junge Mann mit der Locke trat zu ihm. Sie blickten sich in die Augen. »Auf Wiedersehen«, war seine Botschaft. »Komm bald wieder.« Er küsste Barilon auf die Wange, rieb kurz seine Nase an seiner Haut, wich zurück und sah ihm forschend ins Gesicht. »Hattest du keinen Spaß?«

Verlegen schüttelte Barilon den Kopf, blickte dabei zu Boden und rang mit den Tränen. Vielleicht übertrieb er ja und der Quinari wäre voller Zärtlichkeit gewesen. Der Gesetzeshüter hatte ihm keinen Anlass gegeben, sich zu fürchten. Barilon hatte sich kindisch benommen. All dies kam ihm unter dem sanften Blick des jungen Mannes zu Bewusstsein.

»Das tut mir leid.« Ein Hauch eines Bedauerns huschte über des Jünglings schönes Gesicht. »Komm trotzdem wieder. Wir erwarten dich hier.« Der Blonde trat zurück. Seine Miene erstarrte zu einer liebenswürdigen Maske, wirkte nun wie die des anderen, der unbeweglich auf seiner Torseite verharrt hatte – freundlich und unbeteiligt. Barilon war sich einen Moment lang nicht einmal mehr sicher, ob der Mann wirklich mit ihm gesprochen hatte.

»Ja, das werde ich.« Denn für begehrenswerte Geschöpfe wie dich bin ich hierher gekommen, dachte
Barilon. Wir sehen uns wieder.

$$\mathcal{A}_\mathcal{B}$$

Einige Tage später kam Barilon von einem anstrengen-
den Tag im Laden nach Hause zurück. Er betrat seine
Schlafkammer und blieb erstaunt stehen. Der Serfelus-
Kater hatte sich durch das angelehnte Fenster ge-
zwängt und es sich auf seinem Bett gemütlich gemacht.
Lang ausgestreckt lag er da, der gefleckte Schwanz hing
bis auf den kleinen Bettvorleger aus Dona-Stroh.
»Na das habe ich gern!« Seine erboste Bemerkung
weckte den Kater, der sich gähnend streckte. Wirklich
böse war Barilon dem Serfelus nicht, denn das Tier sah
wunderschön aus, wie es da lag. Die letzten abendli-
chen Lichtstrahlen, die durch das Fenster drangen,
flirrten auf seinem bunt gefleckten, dicken Pelz.
Außerdem war Barilon ja selbst daran schuld, dass er
den Fensterflügel zum Innenhof offen gelassen und
dem Kater so den Einstieg erleichtert hatte.
    Er setzte sich auf das Bett und streichelte das Tier,
das sich auf den Rücken rollte und behaglich pfiff. »Ich
muss dir etwas erzählen. Die Sache mit dem Fest geht
mir nicht mehr aus dem Sinn.« Der Serfelus war unter
seinen streichelnden Händen erneut am Einschlafen,
seine goldgesprenkelten Lider zuckten. »Dieser Besuch
hat meine Phantasie so angeregt, dass ich mir jede
Nacht vorstelle, was geschehen könnte, wenn ich dorthin zurückkehre. Und das erregt mich mehr, als gut für
mich ist.« Er senkte die Stimme noch weiter. »Ich er-

tappe mich bereits, dass ich im Laden stehe und von dem blonden Jüngling träume.«

Barilon erhob sich, um sein Gewand abzulegen und durch ein frisches zu ersetzen. Er war müde. Zweifelnd blickte er zum Bett. Der große Kater nahm lang ausgestreckt die untere Seite des Lagers ein. Wie sollte er dort schlafen? Er würde das Tier bei seiner Gefräßigkeit packen und ihn mit etwas Dona aus der Schlafkammer locken müssen.

In der Küche angekommen, klapperte er besonders laut mit der Schale des Serfelus, jedoch ließ das Tier sich nicht blicken. Offensichtlich hatte der Streuner bereits irgendwo anders gefressen und machte nun in seinem Schlafzimmer ein Verdauungsschläfchen.

Seufzend schenkte Barilon sich einen Becher voll Dona-Milch und setzte sich an den Tisch. Ach, irgendwie würde das bestimmt gehen mit dem Kater im Bett. Nachdenklich begann er, mit dem Rand des halb gefüllten Holzbechers seine Lippen zu reiben und versank erneut in Gedanken.

Wie wunderschön der Jüngling mit der Locke gewesen war und von schlankem Wuchs. Er sah sich selbst, wie er den Mann sanft mit dem Rücken an das geheimnisvolle Tor drückte. Der Blonde besaß etwas Ätherisches, das Barilon nicht zu deuten vermochte. Wie er sich wohl anfühlte? Wie gern würde er sein Gesicht in die Halsbeuge dieses Schönen pressen, um dessen männlichen Duft einzuatmen, um daraufhin tiefer mit dem Mund an seinem Leib hinabzustreichen. Er wollte begehrlich sein Gewand öffnen, die weiße, seidige Brust liebkosen, den flachen Bauch hinuntergleiten bis zu seinem Geschlecht.

Er sah sich vor dem Jüngling knien, der, den Körper lüstern durchgebogen, am Tor lehnen würde. Die Kränze wären seinen Händen entglitten. Barilon strich sich mit der kühlen, glatten Außenseite seines Bechers über die Wange. So wollte er sich an seinen lustvoll geschwollenen Stab schmiegen und dessen Duft in sich aufnehmen. Er leckte sich erregt die Lippen. Er gierte danach, das Glied des Jünglings in seinem Mund zu spüren, es zu verwöhnen bis, ja bis … Barilon trank einen Schluck Dona-Milch, ließ sie genussvoll über die Zunge rinnen und kostete ihr Aroma aus.

Der Besuch auf dem westlichen Mond hatte keine Erlösung gebracht, sondern seinen Zustand verschlimmert. Ich muss ihn wiedersehen, dachte er.

Er wurde enttäuscht. Nachdem Barilon erwartungsfroh einige Zyklen später das Wäldchen passiert hatte, stand er vor zwei lächelnden Jünglingen mit völlig gleichem Äußeren. Keiner der beiden besaß die hübsche Locke, die ihm vorwitzig in die Stirn fiel. Barilon ließ seinen Blick von einem zum anderen huschen, um vielleicht doch noch ein Erkennen in den Augen eines der Männer zu entdecken, aber die blonden Schönheiten blieben freundlich, kalt und ausdruckslos.

Mit dem duftenden Kranz auf den Locken lief Barilon weiter und ließ sich an einem der Feuer nieder. Er hatte nicht gewagt, nach dem Jüngling zu fragen. Nachdenklich, ohne ihn richtig wahrzunehmen, betrachtete er einen Mann beim Tanz. Der wand und wiegte sich im

Klang der Garras und Flöten, drehte sich und zeigte Barilon so seine Rückenansicht.

»Wie wunderschön!« Dieser Satz war ihm unbedacht entwichen und er hoffte, dass ihn niemand gehört hatte. Die flackernden Flammen des Feuers schienen sich im Haar des Tänzers zu verfangen, denn es reichte rot und lebendig wehend bis auf das Hinterteil seines Trägers. So herrliches, rotes Haar hatte er noch nie zuvor gesehen. Der Rothaarige drehte sich erneut, sah ihm nun voll ins Gesicht, bemerkte seinen Blick und lächelte.

Barilon wurde augenblicklich der Hals trocken. Er begehrte den blonden Jüngling vom Tor, aber dieser dort war eine echte Versuchung. Fast meinte er, sein Herz stünde still, als sich ihm der Flammenkopf mit wiegenden Schritten näherte und vor ihm stehenblieb. Barilon blickte auf und betrachtete das hübsche, schmale Gesicht des Mannes, der seine Hand ausstreckte und ihm sanft über die Locken strich. Erschauernd spürte Barilon allein durch diese sachte Berührung Wärme seinen Rücken hinunterfließen, die seine Lenden erfüllte und ihn die Luft anhalten ließ. Der Tänzer trat näher an ihn heran, erfasste Barilons Hinterkopf und zog sein Haupt vorsichtig, aber bestimmt zu sich, bis sein Gesicht fast gegen des Mannes Mitte stieß. Dort reckte sich unter dem hervorgewölbten Gewand dessen erregtes Geschlecht. Der Rothaarige zögerte, wartete lächelnd auf Barilons Zustimmung.

Ihr Götter, davon hatte er geträumt. Nun war es so weit. Er hatte den blonden Torwächter verwöhnen wollen, aber nun hielt ihn der Feuerfuchs umfangen. Er wollte nicht wieder unverrichteter Dinge nach Hause laufen – wünschte sich so sehr die Erfüllung. Mit laut klopfendem Herzen blickte er zu dem Mann hoch und nickte kaum merklich.

»Komm.« Ein erregtes Flüstern, das Barilon durch die Glieder kroch. Ja, er würde mitgehen. Er wollte wissen, wie es war. Der Tänzer erschien schön und reizvoll. Wie in Trance stand Barilon auf und reichte seinem Partner für diese Nacht die Hand.

$$\mathcal{A}_{\mathcal{B}}$$

Die Monde verschoben sich und es dämmerte. Feuchte Nebel erhoben sich aus dem duftenden Moos, das Barilon nun nicht mehr so angenehm erschien wie noch vor einer Weile. Der Rothaarige hatte ihn schon vor einiger Zeit verlassen, war durch die Bäume gehuscht und verschwunden. Er hatte Barilon mit ermüdetem, leergesaugtem Glied zurückgelassen.

Den Mund verklebt, das Gesicht benetzt vom fruchtbaren Nektar des Mannes, klammerte Barilon sich an das feuchte Moos, jedoch fühlte es sich nicht mehr angenehm an. Er empfand Befriedigung und Befreiung, denn er hatte endlich das erlebt, wovon er so lange geträumt, was er so herbeigesehnt hatte. Aber warum fühlte er sich so leer? Hatte dieser Liebhaber zusammen mit seinem Saft seine Gefühle mitgenommen? Barilon kam fröstelnd auf die Füße und tastete sich zurück zu den verglimmenden, verlassenen Feuern. Er war der Letzte in dieser Nacht, der sich zum Tor begab.

Da standen die beiden Blondschöpfe. Er sah sie sofort im Licht der Tor-Fackeln und lief schneller. War der junge Mann mit der Locke nun dort? Nein. Er ließ enttäuscht die Schultern fallen. Es waren die Gastgeber, die ihn begrüßt hatten. Freundlich lächelnd beugte sich einer von ihnen zu ihm und küsste ihn auf die Wange. Ihm war, als würde der Mann tief einatmen, ja, er schnaufte sogar ein wenig, und ehe er sich versah, berührten dessen Lippen auch die andere Seite seines Gesichts.

»Es ist schön, dass du Spaß hattest.« Barilon blickte in die großen, dunkelblauen Augen des Mannes, in denen die Dämmerung einen grauglänzenden Schein entfachte. Wie schon zuvor war er sich nicht sicher, ob dieser wirklich zu ihm gesprochen hatte. »Wir freuen uns darauf, dich bald erneut hier zu begrüßen.«

Barilon nahm sich ein Herz. »Ja, ich komme wieder. Aber ich möchte von dem Jüngling mit der Locke empfangen werden. Wie heißt er?«

Der junge Mann wich zurück. Fast meinte Barilon, ihn erbleichen zu sehen. Jedoch verlor nicht nur dessen Gesicht an Farbe, sein Leib löste sich vor Barilons Augen vollständig auf. Der blonde Begleiter an der anderen Seite des Torbogens tat es ihm gleich. Barilon starrte auf die Stelle, an der er verschwunden war. Waren die Jünglinge nur eine Illusion gewesen? Das konnte nicht sein, denn er hatte die Lippen des Mannes deutlich auf seiner Wange gespürt.

Es war nun ganz hell geworden. Das verschnörkelte Tor stand grau und unscheinbar im Wald. Das bleiche Tageslicht hatte ihm die Pracht genommen. Von den verlöschenden Fackeln zu seinen Füßen stiegen dünne, kleine Rauchfäden in den morgendlichen Dunst.

Plötzlich war ihm, als hätte er das alles nur geträumt. Er wandte sich um und blickte zurück. Der Morgennebel zog in feuchten Schleiern durch das Wäldchen, bedeckte den Ort der Lust mit sanften Schwaden des Vergessens.

Barilon zog sein Gewand fest vor der Brust zusammen und eilte davon. Die weißen Steine knirschten unter seinen Sandalen. Er musste an diesem Tag nicht in den Laden und dachte sehnsüchtig an sein gemütliches, trockenes Bett. Vielleicht war der Serfelus ja sogar da, um ihm die Füße zu wärmen.

AB

Aduno wurde durch ein Gefühl der Unruhe geweckt. War es denn schon Zeit um Blüten für die Kränze zu sammeln? Es erschien ihm zu früh.

Er glitt aus seinem heimeligen Stammgewächs, um zu sehen, wo seine Gefährten sich zum gemeinschaftlichen Austausch versammelt hatten. Die duonalische Sonne blitzte in voller Stärke zwischen den leise klappernden Baumkronen. Ja, es war früh. Denn üblicherweise begannen sie mit ihren Vorbereitungen, wenn deren Strahlung durch die Mondschatten schwächer geworden war.

Er schmiegte sich vorbei an Paduno, der ihm bereitwillig Platz machte, und verband sich mit dem Konglomerat. *Warum seid ihr schon auf? Ist etwas geschehen?* Aduno spürte die Besorgnis seiner Gefährten. *Jemand hat nach dir gefragt, Aduno. Einer der Besucher.*

Vor Erstaunen löste Aduno sich einen Moment lang aus dem Konglomerat, fügte sich jedoch sofort wieder ein. *Nach mir? Wie kann das sein?*

Ja, ein dunkelhaariger Jüngling besteht darauf, von dir begrüßt zu werden. Von dem Suspiricon mit der Locke. Sadunos Stimme drang streng durch die Versammlung. *Es geht nicht, dass sich einer von uns unterscheidet und hervorhebt. Aduno soll die Haarsträhne abschneiden.*

Unmutiges Raunen und zögerliche Zustimmung durchfloss die Verbindung. *Das wäre ein Gewaltakt. Niemals ist einem der unseren Gewalt angetan worden.*

Nein! Auch Aduno zuckte zurück, wurde jedoch von den heiteren Gefährten Paduno, Raduno und Laduno gehalten, die sofort tröstend auf ihn einwirkten. *Saduno meint es sicherlich nicht so.*

In diesem Satz spürte Aduno einen leichten Groll der Drei. Ja, die Suspiricons waren gleich, jedoch nur äußerlich. Bisher hatten die Unterschiede ihrer Seelen harmonisierend und ausgleichend auf das Konglomerat gewirkt.

Du hast dir nichts zu Schulden kommen lassen, flüsterte Raduno ihm zu, wohl wissend, dass die anderen dies hören würden. *Es gibt keinen Grund, die unbedachte Äußerung eines solchen Wesens zum Anlass für derlei drastische Maßnahmen zu nehmen.*

Aduno, der sich bereits weitere verteidigende Worte zurechtgelegt hatte, schwieg. Mit diesem Satz war alles gesagt und er war Raduno dankbar, dass dieser den Einwand an seiner Stelle eingebracht hatte. Es wäre klug gewesen, nun Stillschweigen zu bewahren. Er verstand selbst nicht so recht, wieso er daraufhin doch noch eine weitere Frage einfließen ließ. *Wer war dieser Jüngling, der nach mir gefragt hat? Ich kenne keines dieser Wesen näher. Mir ist das unverständlich.*

Saduno und Paduno waren am Tor, floss die Antwort durch das Konglomerat und gleichzeitig entstand das Bild eines Mannes in der Gemeinschaft. *Erkennst du ihn?*

Aduno legte sich lang hin, um Ruhe zu signalisieren. Es fiel ihm schwer, sein Erstaunen über Padunos Rückblick zu verbergen. Er erkannte den Jüngling und erinnerte sich daran, sogar mit ihm gesprochen zu haben. Aduno hatte dessen Angst und Enttäuschung gespürt, da dem hübschen Mann kein Partner beschieden gewesen war. Er hatte besänftigende Worte für ihn gefunden. Warum hatte dieser nun nach ihm gefragt? Schnell legte Aduno noch eine weitere bemäntelnde Schicht um seine Gedanken, sodass nur sein Erstaunen bei den anderen Suspiricons ankam. Gleichzeitig betrachtete er das schwindende Bild des Mannes mit den aufgerissenen, braunen Augen und den dunklen Locken mit Wohlgefallen. Der Jüngling war bildhübsch und besaß eine sanfte Ausstrahlung. *Einer der Besucher*, antwortete er. *Es sind so viele. Ich erinnere mich nicht.* Warum log er? Das hatte er noch nie getan. Es war anstrengend, im Konglomerat Lügen zu verbergen und er hatte diesen Aufwand immer vermieden. Wieso jetzt?

Nun, es war Sadunos Stimme, die alle durchdrang. Es sind in der Tat sehr viele geworden und wir erhalten Nahrung im Überfluss. Wenn ihr damit einverstanden seid, lassen wir die Sache auf sich beruhen. Sie sind Fremde, Nahrungsspender, und es ist gleichgültig, was sie sprechen.

Ruhe kehrte ein. Bis auf Baduno legten sich alle hin. Der ernste Suspiricon verharrte nachdenklich, was Aduno nicht weiter beunruhigte. Es erstaunte ihn selbst, dass er so gut darin war, seine eigenen Gedanken in der Verbindung zu schützen. Nach einer Weile ging auch Baduno in den Ruhezustand. In einem Ring sanft kreisend verweilten die Suspiricons in der Wärme der morgendlichen Sonne.

Nachmittags hatte sich das Konglomerat gelöst. Die Suspiricons bereiteten sich auf ihre Besucher vor. Faduno sowie Laduno sammelten Baumwachs, das für die

Fackeln benötigt wurde. Aduno hatte mit den Gefährten den Wald nach Blüten, Gräsern und dünnen Ästchen durchstreift, denn die Gäste sollten frische, duftende Blumenkränze erhalten. Da er in der folgenden Nacht keinen Dienst am Tor versehen musste, war er danach frei, seine Zeit zu gestalten und zog sich in seinen Wohn-Baum zurück. Es drängte ihn, ausgiebig über das Geschehene nachzudenken.

Dazu rief er sich zunächst das Bild des jungen, dunkelhaarigen Mannes ins Gedächtnis und betrachtete es lange. Es kam gelegentlich vor, dass ein Besucher keinen Partner fand, was traurig, aber unabänderlich war. Wieso rührte ihn das Schicksal dieses Jünglings? Aduno hatte Mitleid empfunden, da der hübsche Mann so unschuldig und verängstigt gewirkt hatte. Das ungeschriebene Gesetz der Suspiricons, das besagte, nicht oder nur das Notwendigste mit den Nahrungsspendern zu kommunizieren, war ihm in diesem Fall gleichgültig gewesen. Wieso? Forschend betrachtete Aduno den Mund des Mannes, und ein warmes Gefühl breitete sich in seiner Brust aus. Das war Sympathie und Wohlwollen. Ja, er mochte den Jüngling, was außergewöhnlich war. Diese Art von Zuneigung empfand er normalerweise nur für seinesgleichen. Neugierde mischte sich in seine Verwunderung. Ob er den jungen Mann noch einmal wiedersehen würde?

Barilon ließ einige Zeit vergehen, bis er sich gestattete, an sein Erlebnis auf dem westlichen Mond auch nur zu denken. Er war schockiert und enttäuscht, hatte er sich die körperliche Liebe doch weitaus befriedigender und vor allen Dingen beglückender vorgestellt. Der Feuerfuchs hatte ihn erregt, ihn zum Höhepunkt gebracht, aber zurückgeblieben war nur ein schaler Geschmack und Leere. Nein, es war nicht so gewesen, wie er sich das gewünscht hatte. Als gefühlvolles Wesen genügte es ihm nicht, nur aus Lust zu kopulieren wie ein Warrantz.

Nachdenklich schloss Barilon an diesem Abend den Laden ab und begab sich auf den Heimweg. Er blickte nicht nach rechts oder links und lief schnurstracks durch die von der warmen Abendsonne erhellten Straßen. Barilon trat in den Innenhof seines Hauses und ließ sich auf die schmale Holzbank zwischen den zugewucherten Pflanzkübeln fallen und rief sich besagten Abend in Erinnerung. Die Atmosphäre auf dem Fest hatte ihn so stark verzaubert, dass er dem Rothaarigen gefolgt war. Das Tor, geheimnisvoll in der klaren Nachtluft, wunderschöne Jünglinge im flackernden Licht der Fackeln, die lasziven Bewegungen der Besucher, beschienen von rotglühenden Flammen, die süße Musik und der betörende Duft von Blüten und Moos. Das hatte ihm gefallen. Doch dann das intime Erlebnis. Er hatte dem Rotfuchs angemerkt, dass dieser jeden Handgriff bereits mehrere Male getan, schon viele Männer befriedigt hatte. Ihm war nichts außergewöhnlich Liebevolles zuteilgeworden, das einzig seiner eigenen Person gegolten hatte. Wäre er einfach weggegangen und ein anderer hätte seinen Platz eingenommen – es wäre dem Rothaarigen bestimmt gleichgültig gewesen.

Bei diesem Gedanken umklammerte Barilon mit zusammengebissenen Zähnen die geschnitzte Seitenlehne der Sitzbank. So hatte er das nicht gewollt. Aber das war ihm erst im Nachhinein klar. Wenn ich liebe, dann möchte ich das mit dem Körper und dem Herzen tun, dachte er, und gleichzeitig schob sich das Bild des blonden, unerreichbaren Jünglings in seinen Geist. Dieser Schöne würde anders sein. Wie konnte er es anstellen, diesen wiederzusehen, ohne mit den anderen Männern in Kontakt zu kommen?

Der Serfelus sprang mit einem Satz neben ihm auf die Bank und schmiegte pfeifend seinen dicken Kopf mit dem weichen Backenbart an Barilons Handrücken. Geistesabwesend streichelte er das Tier. Man hatte ihn dort zu nichts gezwungen. Es gab auch Männer, die nur kamen, um zuzuschauen und sich dabei selbst berührten. Er konnte und wollte seine Besuche in dem Wäldchen nicht einstellen, musste hin, von der Hoffnung getrieben den Einzigen wiederzufinden. Heute Abend, dachte Barilon, ja, heute Abend sehe ich ihn wieder.

Barilons Herz hämmerte bis zum Hals, als er sich in der Dämmerung dem Tor näherte, das sich majestätisch und geheimnisvoll am Ende des Weges erhob. Schon von weitem erkannte er, dass zwei lichte Gestalten den Torbogen flankierten. War der Unbekannte da?

Er beschleunigte seine Schritte, trat durch den Torbogen und stand vor einem der Wesen, dessen Haut strahlte, als würde eine kleine Sonne sie von innen beleuchten. Das goldblonde, wallende Haar umrahmte das edle, weiße Antlitz. Barilon stockte der Atem. Auf der Stirn des Jünglings lag eine vereinzelte Locke. Da war er, endlich! »*Willkommen!*« Das sanfte Lächeln des Mannes nahm Barilon völlig gefangen.

»Kennst du mich noch? Ich bin es, Barilon«, stieß er leise hervor, in der Hoffnung, dass der unbeweglich stehende Blondschopf auf der anderen Torseite es nicht hören möge. »Bitte sag mir deinen Namen.« War da ein Erkennen in seinen Augen? »Bitte«, wiederholte Barilon eindringlich.

»*Aduno.*« So wie beim Treffen zuvor, schien es Barilon, als hätte der Jüngling nicht die Lippen bewegt, sondern die Antwort wie einen sanften Strom in seinen Verstand fließen lassen.

Nun war der andere Mann aufmerksam geworden. Barilon musste sich beeilen, das fühlte er. »Ich möchte mit dir sprechen. Wann?«

Langsam und ruhig nahm Aduno einen der Blütenkränze aus dem Bündel, das er um den Arm hielt. Während er die Arme hob, um ihm den Kranz auf die Locken zu drücken, stieg Barilon ein süßer Duft in die Nase, der nicht von den Blüten stammte. Es war der schöne Aduno, der so verführerisch duftete. Genießerisch schloss Barilon kurz die Augen, als er das leichte Gewicht des Blütenkranzes auf seinem Haupt spürte. Der Mann ließ die Hände sinken und streifte wie zufällig seine Wange.

Diese Berührung versetzte Barilon unter Hochspannung. Ein Schauer glitt von seinem Gesicht über den Hals in die Brust und endete in seinem Geschlecht, das sich augenblicklich entzückt erhob. »*Ich komme zu dir im Morgengrauen.*« Die Antwort wirkte verwischt und kaum verständlich, aber Barilon hatte sie eingesogen.

Er drückte sich selbst zur Bestätigung den Kranz fester aufs Haar. »Ich danke dir«, antwortete er vernehmlich. »Heute ist ein schöner Abend.« Mit laut klopfendem Herzen ging er zu den Feuern. Tanzen. Er wollte tanzen vor Glück. Der, den er am meisten begehrte, hatte mit ihm gesprochen, wünschte ihn ebenfalls zu sehen. Die Götter hatten seine Gebete erhört. Nie war ihm die Musik süßer erschienen als in dieser Nacht, in der er keinen der anderen Männer auch nur wahrnahm.

Die Feuer glommen verlassen im morgendlichen Dunst. Barilon rückte näher an eines von ihnen heran, um noch ein wenig Wärme zu erhaschen. Er fror und bedauerte, keinen Umhang mitgenommen zu haben. Allmählich beschlichen ihn Zweifel, ob Aduno ihm wirklich ein Treffen zugesagt hatte.

Wie schon so oft war er verunsichert. Mit einem Mal hasste er sich wegen seiner Unschlüssigkeit, ärgerte sich über die Kälte. Niemand hatte ihm verboten, das Feuer in Gang zu halten. Warum sollte er frieren, während er auf der kleinen Lichtung verharrte? Deshalb stand er auf, ging ein paar Schritte durch die Bäume und klaubte einige Äste vom Boden auf. Mit den Armen voller Holz kehrte er zur Feuerstelle zurück und hielt inne. Aduno hockte auf den Fersen und betrachtete die Glut. Er war gekommen! Mit einem Mal war Barilons Ärger über sich selbst verflogen. Aduno – das lichtdurchflutete Wesen, der wunderschöne Mann, wartete auf ihn. Sein Herz stieg bis zum Hals und blieb dort laut klopfend stehen. Aduno wandte den Kopf und blickte ihn an. War das ein Lächeln? Barilon war sich nie sicher, ob es der Unwirklichkeit des Ortes zuzuschreiben war, dass der blonde Torwächter so fremdartig wirkte. Er ging näher und bei jedem Schritt wurde ihm klarer, dass der Jüngling, der sich vor ihm aufrichtete, nicht von dieser Welt stammte. Das machte ihm keine Angst. Die Bevölkerung auf Duonalia bestand aus verschiedenen Völkern und deren Mischlingen. Daran war er gewöhnt.

Während er Aduno entzückt betrachtete, kamen ihm so viele Fragen in den Kopf, dass es ihm schwerfiel, sich für eine zu entscheiden.

»Du bist gekommen«, stieß er hervor. »Danke!« Aduno neigte höflich den Kopf. Was sollte er sagen? Mutig ließ er sich von seinem Gefühl leiten. »Ich habe dich gesehen und du gefällst mir. Du bist wunderschön. Ich … ich habe mich in dich verliebt und möchte gerne Zeit mit dir verbringen.« Ängstlich hielt er inne. So etwas hatte er noch nie zu jemandem gesagt. Aber der aufsteigende, weiße Morgennebel begann sie einzuhüllen und zusätzlich stand er in des Jünglings ruhiger, warmer Ausstrahlung gefangen, was ihm Mut verlieh. Ein gemeinsamer, intimer Moment. »Ich hoffe, ich habe dich nicht gekränkt. Bitte verschwinde nicht wieder.« Er blickte in Adunos wasserklare Augen und versank darin.

Warum antwortete sein Gegenüber nicht? Barilon riss sich aus seinem Traumgespinst und versuchte es mit Telepathie. *»Ich nehme an, dass ihr nicht von dieser Welt stammt. Was seid ihr?«* Unsicher formulierte er diese Worte, aber im Grunde war es nicht das, was ihm drängend auf dem Herzen lag.

Frag mich, was du wirklich wissen willst. Die Antwort floss in seinen Verstand. Aduno kommunizierte auf eigentümliche Weise. Seine Worte drangen widerstandslos in Barilons Bewusstsein, verteilten sich sogar in seinem Leib, was sich gut anfühlte.

»Magst du mich auch?«, fragte Barilon, ohne nachzudenken. *»Möchtest du mich ebenfalls berühren?«*

Die Zeit floss, so wie der Nebel, der sie umflutete. Aduno zog ihn in einen zeitlosen Raum. Es fühlte sich gleitend an, leicht und körperlos. Barilon spürte das Bedürfnis, Adunos Hand zu ergreifen, um sich an ihm festzuhalten, damit er nicht davon schweben konnte wie eine Wolke. *Nein, du wirst nicht davonfliegen.* Aduno lächelte. Dessen war Barilon sich ganz sicher. Der Mann schien ihn zu fühlen, seine Gedanken zu lesen. *Ja, so verschieden, wie wir sind, Barilon, da ist etwas zwischen uns. Ich möchte ebenfalls wissen, was es ist.*

Das Gefühl, zu träumen, verdichtete sich. Barilon stand gebannt. Sein bislang aufgeregtes Herz pumpte nun wohlig warmes, träges Blut durch seine Adern, beruhigend und angenehm. *Schließ die Augen.* Sein Wunschtraum wurde wahr. Leicht wie ein Blatt im Wind streiften Adunos Lippen seinen Mund. Sie schmiegten sich an ihn, wärmer und weicher als alles, was Barilon jemals gefühlt hatte. Adunos blumig-süßer Duft stieg ihm dabei betörend in die Nase. Der vollkommene Genuss.

Er hatte sich nicht getäuscht. Aduno war der, den er liebte. Gefangen in der Zeitlosigkeit und begierig, mehr von ihm zu erhalten, öffnete er die Lippen, ließ die warme Empfindung in seinen Körper strömen. War es Adunos Zunge, die seinen Mund von innen streichelte? Barilon konnte nicht begreifen, was ihn da berührte, merkte nur, dass dieses Eindringen ein Gefühl verursachte, das heiß durch seinen Leib fuhr und sein Geschlecht augenblicklich verhärtete. *Ich möchte mich dir hingeben. Bitte gib auch du mir mehr von dir.* War es sein Gedanke? Kam er von Aduno? Barilon wusste es nicht. Das Begehren packte sie beide glutheiß und flammend. Erhitzt klammerten sie sich aneinander, verschmolzen zu einem einzigen bebenden Wesen. Die wollüstige Erregung ballte sich zu einem alles hinwegfegenden Feuersturm ..., der hellauf barst und gleich darauf flackernd verebbte.

$$\mathcal{A}_{\mathcal{B}}$$

Wie eine eisige Hand schloss sich der kalte Morgendunst um Barilon. Aduno war fort. Verwirrt und mit klopfendem Herzen versuchte Barilon zu verstehen, was geschehen war. Die Arme, die Aduno umschlungen hatten, seine Hände, die ihn gehalten hatten – sie waren leer. Er sah zu Boden, um einen festen Punkt für seinen Blick zu erhaschen, denn ihn schwindelte. Da war das erkaltete Feuer zu seinen Füßen. Verkohlte Holzstückchen lagen um es herum. Er beugte sich hinab, um einen kleinen Zweig aufzuheben und umklammerte ihn. Das feste Material gab ihm ein kleines Stück Wirklichkeit zurück. Wie viel Zeit war vergangen? War das eben geschehen? Sein Gewand klebte in der Mitte an seinem Leib. Wie ein Blinder tastete er mit der anderen Hand danach. Eine große Menge seiner Milch, klebrig, kühl auf der Haut, ein feuchter Fleck im Stoff. Er hatte Erfüllung gefunden. Er fuhr sich mit der Zunge über die Lippen. Da war noch der süße Geschmack des Geliebten. Aduno.

Barilon wusste, dass er ihn nicht zu suchen brauchte. Er war verschwunden. Hatte Aduno ebenso empfunden wie er? Nur so konnte es sein. Und es hatte ihn erschreckt. Ihn, das empfindsame, elfenhafte Wesen. Den wunderschönen, erotischen Mann.

Versunken betrachtete Barilon das dunkle Ästchen in seiner Hand im Zwielicht des nahenden Tages. Ich liebe ihn!, sang sein Herz! Furchtlos rannte er los, lief durch die Nebelschwaden, folgte dem weißen Steinpfad, durchquerte den Torbogen, ohne ihn zu beachten. Er sprang den Waldweg entlang. Der Steine knirschten unter seinen Sandalen. Ich liebe ihn. Die roten Blätter über ihm klapperten Beifall. Aduno! Was für ein wunderschöner Name! Mit einem Satz hüpfte er unbeschwert zwischen den Bäumen hervor und prallte um ein Haar gegen die steinerne Kaimauer des Hafens. Das entlockte ihm ein glückliches Lachen. Wunderbar, das Windschiff legte in diesem Moment an. Die blau beleuchteten, metallischen Segel drückten den Nebel beiseite und gaben so den Blick auf die Monde frei, hinter denen sich das milde Licht der duonalischen Sonne erhob. Es war Barilon, als flöge sein federleichtes Herz ihr zu – hinaus ins Weltall.

Zitternd verharrte Aduno bis ins Innerste erschüttert in seinem Wohnbaum, während seine Gefühle und Gedanken sich überschlugen. Er hatte Barilon in seiner Gänze wahrgenommen, was ihn völlig überwältigt hatte. Das, was in dem Moment der Vereinigung auf ihn eingestürzt war, ließ sich nicht mit einigen schlüssigen Gedankenzügen klären oder überdenken. Wärme, Liebe, Erregung, Freude, Triumph, Wollust. Nun hatte er diese hautnah erlebt, fremde Emotionen, wie er sie niemals sein eigen genannt und auch nie in seinem Leben erwünscht hatte. Nun begriff er die Hintergründe, wie seine Nahrung entstand.

Verwirrt versuchte er, einen Namen für das zu finden, was ihm widerfahren war. Barilons Körper sowie sein Geist schienen ihm rein und sauber, wie morgendliche Trautropfen auf dem roten Moos. Seine Exstase, die Eruption hatte etwas von einem Feuer gehabt, das hell aufloderte, Funken spie und selig erlosch. Und er, Aduno, war nicht nur Zeuge gewesen, hatte mitgefühlt, erlebt – nein, er hatte diese Gefühle mit seinen Lippen und Händen ausgelöst. Emotionen, die mit Sicherheit keinem seiner Gefährten jemals widerfahren waren.

Dieses Erlebnis besaß eine solche Intensität, dass er diese niemals vor den anderen Suspiricons würde verbergen können. Was sollte er nun tun? Barilon liebte ihn, das war unzweifelhaft, jedoch war es eine Zuneigung, die er in dieser Art keinesfalls erwidern konnte. Auch wenn er in seinem tiefsten Inneren spürte, dass er gerne mehr davon haben wollte. Es drängte ihn, Barilon weiter zu erforschen.

Erschrocken zuckte Aduno vor seinen eigenen Gedanken zurück, denn diese gingen in die völlig falsche Richtung. Er war den Seinen verpflichtet. Das war sein oberstes Gebot. Es bestand eine unlösbare Abhängigkeit zum Konglomerat. Die Suspiricons lebten nur durch ihre Gemeinschaft. Eine Existenz als unabhängige Lebewesen war ihnen nicht beschieden.

Was hatte ihn nur gedrängt, seine Grenzen zu überschreiten? Diese Frage konnte er sich beantworten. Es war Neugierde und Sympathie für Barilon gewesen. Wissensdurst war den Suspiricons nicht fremd, aber niemals hatte sich einer der Ihren für ein andersartiges Lebewesen, einen Nahrungsspender, erwärmen können.

Was er getan hatte, war ein Skandal, und es stand nicht in seiner Macht, diesen zu beschönigen. Also blieb ihm nur übrig, seinen Gefährten die Wahrheit zu berichten. Und sich letztendlich ihrem Urteil zu beugen.

Was konnte geschehen? Verzweifelt versuchte Aduno die Reaktionen der heiteren und vor allem die der ernsten Gefährten vorherzusehen. Es war ihm klar, dass sein Erlebnis bei einigen einen Schock auslösen würde. Niemals war ein Suspiricon aus einem Konglomerat verstoßen worden, denn das hätte seinen baldigen Tod nach sich gezogen. Die Vereinigung bedeutete ja nicht nur einen Erfahrungs-, sondern auch einen lebenswichtigen Energieaustausch. Würden sie ihn für seine Verfehlung zum Sterben verurteilen?

Mit bangem Herzen verließ er seinen Wohnbaum, um sich dem morgendlichen Begrüßungs-Ritual anzuschließen.

AB

In aller Frühe, bevor er in den Laden ging, kniete Barilon im Tempel der Göttin Sanmarena und opferte ihr einen Strauss rosafarben blühender Ismanien. Andächtig legte er die Blumen am Fuß der lächelnden Statue nieder. Er war lange nicht mehr in dem Heiligtum gewesen, das auf seinem Weg zur Arbeit lag. An diesem Morgen jedoch quoll sein Herz so über, dass er das Bedürfnis hatte, jemandem von seinem Glück zu berichten.

Ich habe zum ersten Mal die Liebe erfahren, berichtete er der Heiligen. *Endlich fand ich das, was ich immer suchte. Eine liebevolle Verbindung, die durch die körperliche Vereinigung die Perfektion erhält. Er ist von einer solchen Schönheit, dass ich in seiner Nähe schmelze, und von mir nur ein zitterndes Bündel Fleisch übrig bleibt, das begierig seine*

Worte und Regungen herbeisehnt und aufsaugt. Ich weiß, er ist von einem anderen Volk, gehört zu den ätherischen Wesen, die in dem Wäldchen wohnen und in einer jeden Nacht dort als Gastgeber auftreten. Sie sind so freundlich, küssen die Männer und heißen sie willkommen. Sie haben keine Vorurteile gegen Männerliebe. Ich bin ihnen so dankbar dafür, dass durch sie dieser Ort entstand. Er hielt inne. *Ich sollte mich erkenntlich zeigen und den Jünglingen ein Säckchen voller Dona schenken. Ja, das werde ich tun, oh Göttin. Und ich lade Aduno ein, mich in meinem Haus zu besuchen.* Der Gedanke, den Geliebten in seinem Domizil zu sehen, vielleicht sogar hingegossen auf sein Schlaflager, ließ sein Blut rauschen. Er senkte den Kopf, denn solche Überlegungen ziemten sich nicht vor einer Gottheit. *Bitte, gewähre mir Glück. Lass diese Zuneigung beidseitig stark sein. Lass ihn mich lieben, bis an das Ende aller Tage. Segne unsere Verbindung. Ich verspreche, dass ich dann an jedem Morgen in den Tempel komme, um dir zu huldigen.*

Hoffnungsvoll erhob sich Barilon und verließ das Heiligtum. Er summte vor sich hin, grüßte die Passanten freundlich und begann sein Tagwerk im Laden. Die Arbeit ging im flott von der Hand, denn er meinte zu fliegen. Selbst dem oft so mürrischen Besitzer des Geschäftes fiel sein Strahlen auf. »Mir scheint, unser Barilon hat eine Liebe zu einer Frau entdeckt.« Dragans Stimme klang amüsiert. Das war zu erwarten gewesen. Man dichtete ihm sofort ein Weib an. Barilon hob nicht den Kopf und sortierte weiterhin die Rüben in den Kisten. Er wollte vermeiden, dass sein Arbeitgeber die verräterische Röte wahrnahm, die sein Gesicht überzog. Dragan ging glücklicherweise nicht weiter auf seinen Zustand ein, da Kunden den Laden betraten, denen der Mann zuvorkommend entgegen eilte.

Wenn du wüsstest, dachte Barilon. *Heute Abend sehe ich ihn wieder. Mein Herz könnte vor Freude zerspringen. Ich liebe dich so sehr, Aduno. Du mich doch auch, oder? Ich werde dich fragen. Ja, das mache ich.*

$$\mathcal{A}_{\mathcal{B}}$$

Der östliche Mond verschob sich und bedeckte die Sonne. Der Zyklus begann und mit ihm die Dämmerung, als Barilon zum Hafen eilte. Er schaffte es nicht, gemessen zu laufen, auch wenn der Sack getrocknetes Dona auf der Schulter ein zusätzliches Gewicht darstellte. Er konnte es kaum erwarten, Aduno wiederzusehen. Der Gedanke daran verlieh seinen Füßen Flügel.

Glücklicherweise legte das Windschiff gerade an, als er den Hafen erreichte, so dass er nicht warten musste. Mit einem langen Schritt sprang er an Deck. Die unsichtbare Schutzschicht schloss sich lautlos hinter ihm. Fuhr das Schiff nicht langsamer als sonst? Prüfend blickte Barilon zu den Segeln hinauf, obwohl er genau wusste, dass das Gefährt in All zwischen den Monden im luftleeren Raum schwebte und von Energie und nicht von Wind angetrieben wurde.

Endlich war sein Ziel erreicht. Zwischenzeitlich hatte der nördliche Mond sich ebenfalls über die Sonne geschoben und so lag das Wäldchen in Dunkelheit gehüllt, als Barilon es betrat. Mit klopfendem Herzen und wehendem Gewand eilte er den schmalen Waldweg entlang. Die glänzenden, weißen Steine wiesen ihm den Weg. Endlich schimmerte das Tor durch die Bäume, wie immer von Fackeln beleuchtet.

Barilon lief schneller. Er fühlte sich wie ein Heimkehrender, der gewiss mit offenen Armen empfangen wurde. Ob Aduno in dieser Nacht Dienst am Tor tat? Er durchschritt den Torbogen und blieb verwundert stehen. Statt nur zweien, konnte Barilon viele Jünglinge sehen – acht an der Zahl. Alle blond, wunderschön und strahlend. War sein Geliebter unter ihnen? Barilons Blick irrte von einem der lächelnden Männer zum nächsten. Der Donasack entglitt ihm, rutschte von der Schulter, fiel mit einem dumpfen Geräusch zu Boden, platzte auf und verbreitete eine weiße Staubwolke zu seinen Füßen, was er kaum wahrnahm. Zunächst begriff Barilon nicht, was er sah und erst allmählich sickerte das Verstehen in seinen Verstand.

Vor ihm standen acht völlig gleiche Wesen mit Blumenkränzen in den Händen und jedem von ihnen fiel eine blonde Locke in die weiße Stirn.

Die Suspiricons:
Die Heiteren: Aduno, Paduno, Raduno, Laduno.
Die Ernsten: Baduno, Faduno, Taduno, Saduno.

Die oberste Direktive

Solutosan erwachte früh und bewegte irritiert die Finger der linken Hand. Die Buchwächter wanden sich unruhig um seinen Mittel- und Ringfinger. Was hatte er geträumt? Irgendetwas musste die schwarzen, zierlichen Wesen aufgeschreckt haben, denn normalerweise verharrten sie wie erstarrt.

Verschlafen reckte er die Glieder und sah in das blaue Dämmerlicht des Zimmers. Der Energie-Kamin brannte noch vom Abend zuvor auf kleiner Flamme. Er erinnerte sich verschwommen daran, von einer Reise geträumt zu haben und überlegte angestrengt, um weitere Details zu erhaschen. Diese verschwanden jedoch schemenhaft wie graue Geister aus seinem Bewusstsein.

War er wieder eingeschlafen? Das fahle Licht der duonalischen Sonne drang zaghaft durch die lichtdurchlässige Decke ihres Schlafzimmers. Solutosan erhob sich, löschte den Kamin und wandte sich zum Bett, in dem sein Gefährte schlief. Ulquiorras weißes Laken war bis zu seinen Lenden hinab gerutscht, so dass Solutosan seinen starken Leib fast zur Gänze betrachten konnte. Die goldenen, zarten Schlieren der schwarzen Haut bewegten sich sanft schimmernd auf seiner ausgeprägten Muskulatur. Nach den Äonen ihrer Beziehung war ihm seines Geliebten damalige Gestalt mit dem feinen, weißen Teint und dem dunklen Haar nur noch schemenhaft in Erinnerung. Als hätte Ulquiorra seine Gedanken bemerkt, rührte er sich, drehte sich auf den Rücken, was das Laken von seinen Hüften rutschen ließ und den Blick auf sein starkes Geschlecht freigab. Augenblicklich schoss Solutosan heiße Kraft in die Lenden, was den letzten Rest seiner Schlaftrunkenheit vertrieb. Ulquiorra hatte, gleichgültig in welcher Gestalt, auch nach dieser langen Zeit wahrlich nichts von seiner erotischen Anziehungskraft verloren.

»Ist irgendetwas los?« Sie hatten schon ewig nicht mehr laut miteinander gesprochen, benutzten nur noch Telepathie oder den Fluss, der bei ihren energetischen Verschmelzungen entstand.

»Ich weiß nicht«, antwortete Solutosan. »Die Buchwächter waren unruhig und haben mich geweckt. Es ist, als wollten sie mich dazu auffordern, wieder zu reisen.«

»Reisen?« Interessiert hob sein Gefährte seine eigene, große Hand, betrachtete die beiden Wächter, die ruhig zu schlafen schienen, ließ danach seinen Blick in Solutosans untere Gefilde gleiten und lächelte.

»Ja«, bestätigte Solutosan, wandte sich zum Schrank und öffnete dessen leichte Schiebetüren. Ihm stand der Sinn nach Frühstück – und nach einem neuen Abenteuer. Das haben die Wächter sehr gut erkannt, dachte er, während er das nachtblaue Serica-Gewand über den Kopf zog. Nach wie vor trug er lieber auranische, farbenfrohe Kleidung statt der eierschalfarbenen, duonalischen Dona-Gewänder. Der Wandspiegel neben dem Schrank zeigte ihn etwas verknittert mit wirrem, weißem Haar, das er mit einer Haarbürste bändigte und zu einem losen Zopf flocht.

Mit einem Satz war Ulquiorra aus dem Bett gesprungen und stand nun dicht hinter ihm, drückte seinen Körper sanft an ihn, so dass Solutosan sein hartes Geschlecht zu spüren bekam. »Willst du wirklich den Tag mit Dona beginnen?« Ulquiorra schmiegte den dunklen, samtigen Glatzkopf an seine Wange. Dabei zeigte er ein einladendes Lächeln, das Solutosan im Spiegel betrachtete.

Sein Geliebter war umwerfend und Solutosans Herz flog ihm zu. Die Aussicht auf Ulquiorras lustvollen Leib ließ die Hitze in seinen Lenden erneut auflodern. Er hatte jedoch nicht vor, auf seinen Schwanz zu hören. Ihm stand der Sinn danach, sich aus ihrer trauten Zweisamkeit zu bewegen, das gemütliche duonalische Zuhause zu verlassen und einen aufregenden Planeten zu besuchen. Ja, das war es. Er brauchte frischen Input, wollte Ulquiorra an die Hand nehmen und neue Reize für alle Sinne erfahren.

Er musste seinem Gefährten nichts sagen, als er sich zu ihm umdrehte, in dessen aufmerksame, dunkle Augen blickte und ihn zärtlich küsste. Solutosan ließ Energie durch seinen Mund fließen und sandte die Botschaft mit. *Ich bin unruhig, mein Freund*, sagte diese, *meine Wächter sind zappelig. Ich liebe dich. Meine Zuneigung ist stark wie ein großer, breiter Fluss. Aber ich will gehen, möchte eine weitere Welt erkunden. Es drängt mich, an deiner Seite neues Wissen zu sammeln.*

Ulquiorras Mund, männlich hart und verführerisch, ließ Solutosan lange dort verharren. Er streichelte den Geliebten mit seiner Energie, massierte mit der Zunge seine Lippen, drang tief ein und löste sich letztendlich nur widerwillig.

»Ich komme gerne mit. Alles ist bestens.« Ulquiorra ergriff seine Oberarme und drückte sie so fest, dass sich Abdrücke in Solutosans goldener Haut zeigten. Das tat nicht weh. Im Gegenteil liebte Solutosan, wenn ihm sein Geliebter gelegentlich seine Stärke zu spüren gab.

»Ich werde eine Welt für uns aussuchen. Oder ich lasse die Wächter wählen.« Sein Freund deutete auf die schlangenartigen Wesen, die sich nun auf seinem Ringfinger und dem kleinen Finger wanden. Ihre schlanken Leiber schillerten. *»Aber nach dem Frühstück. In Ordnung?«*

Solutosan nickte erleichtert. Ulquiorra nahm ihm seine Zurückweisung nicht übel.

»Ich habe mich letzthin an einen Film erinnert, den ich einmal auf der Erde sah.« Solutosan trank einen großen Schluck Donamilch und musterte seinen Freund, der in Gedanken versunken an der anderen Tischseite saß. Ulquiorra blickte von seinem Becher auf.

»Es war eine Sience-Fiction-Serie namens Star Trek. Wenn man bedenkt, was wir in der jetzigen Zeit so treiben, waren diese Filme bereits sehr fortschrittlich. Eine Crew erforschte in einem Raumschiff fremde Planeten. Sie beachteten dabei ständig ihre oberste Direktive, die ihnen gebot, die außerirdischen Völker in keiner Weise zu beeinflussen und zu manipulieren.« Er blickte Ulquiorra ermunternd an. »Das hat mich zum Nachdenken gebracht, darüber, wie wir mit diesem Problem umgehen. Wir haben uns bereits viele Welten angesehen. Hinterließen wir dabei Spuren? Und beeinflussten wir die Völker, die wir besuchten?« Er hielt inne. »Ich bejahe eine solche Direktive. Denn ich möchte wohl erfahren, aber alles so belassen, wie wir es vorgefunden haben.«

Ulquiorra hatte ihm aufmerksam zugehört, den Kopf auf die Fäuste gestützt, mit den Ellenbogen auf der Tischplatte. »Bisher haben wir vermieden, Dinge zu verändern. Obwohl ... » Sein Gefährte blickte auf den irisierenden Becher in Solutosans Hand, den sie auf dem Planeten Daidian gefunden hatten. »Wir sollten nichts hinterlassen, aber auch zukünftig keinerlei Dinge von den Welten entfernen. Es geht uns um Wissen, um Betrachtung. Und nur darum. Das ist **unsere** Direktive.«

Ja, das stimmte. »*Du hast Recht. Ich werde das von nun an noch konsequenter beachten. Erinnere dich, was mein Vater damals berichtet hat. Wie es den Alten ergangen ist, die als Friedensstifter die Planeten bereist haben. Ich halte mich nicht für so weise, dass ich mein Wissen unbedingt verbreiten muss. Und für Frieden sollten diese Welten selbst sorgen.*« Er blickte zu dem Buch, das Ulquiorra auf den Frühstückstisch gelegt hatte. »*Und? Was sagt das Energetikon? Was ist unser nächstes Reiseziel?*«

Lächelnd rückte Ulquiorra ihre Becher und Teller beiseite, zog das kostbare Werk aus seiner Hülle und legte es mitten auf die Tischplatte. »*Lassen wir die Wächter entscheiden.*«

Mit diesen Worten schob er seine linke Hand auf den dunkel-glänzenden Einband. Gespannt beobachtete Solutosan, wie sich die beiden zierlichen Wesen von Ulquiorras Fingern lösten, auf das Buch schlängelten und zwischen den Seiten verschwanden.

Sofort schlug sein Freund das Energetikon an dieser Stelle auf und hielt den Wächtern die Hand erneut hin, um sie zum Rückzug zu bewegen. Gehorsam glitten sie an ihren Platz auf seinen beiden Fingern zurück, umwanden diese und erstarrten.

»*So, lass uns mal sehen.*« Er las den kurzen Text auf der bezeichneten Seite. »*Oh! Der berühmteste und schönste Kristall im Universum befindet sich auf dem Planeten Renovamion1PRU.AG. Was für ein eigentümlicher Name.*«

»*Nun ja, den wird mein Vater ihm gegeben haben. Du weißt doch, dass er das immer tat, wenn er keine Bezeichnung herausfinden konnte.*«

Ulquiorra nickte. »*Ein wunderschöner Kristall. Ob man in ihm etwas sehen kann? Vielleicht die Zukunft?*«

Das war ein Abenteuer nach Solutosans Geschmack. Er sprang auf und sah Ulquiorra ungeduldig zu, der das

Buch schloss, es sorgfältig in seiner Hülle verstaute, aufstand und ihr kostbarstes Gut in einem kleinen Wandschrank verwahrte. »Hast du den Weg markiert? Los, lass uns aufbrechen. Dann werden wir es wissen.«

In dicke Lammpelzmäntel gehüllt, mit Pelzmützen und wattierten Fäustlingen standen sie im Innenhof ihres duonalischen Hauses, das sie vor einigen Zyklen eng angelehnt an die Kampfschule ihrer Freunde gebaut hatten. Solutosan horchte einen Moment auf die Kampf-Geräusche aus dem Atrium des Nachbarhauses, während sein Gefährte das Tor ins Weltall mit der Energie aus seinen Händen formte.

Arinon, der Leiter der Schule, war nach einem erfüllten Dasein verstorben. Deshalb hatten die beiden langlebigen Trenarden Luzifer und Slarus deren Führung übernommen und bildeten dort junge Duonalier in Ring- und Schwertkampf aus. Die Gefährtin Luzifers, Solutosans Tochter Halia, war inzwischen eine alte Frau, jedoch gesund, rüstig und fröhlich.

Erwartungsvoll rückte Solutosan seine Pelzmütze zurecht, die auf Duonalia lächerlich und deplatziert wirkte, war das Klima doch immer ausgeglichen und mild. Die dicke Kleidung stellte eine vorsorgliche Maßnahme dar. Sie hatten auf ihren Reisen bereits erlebt, dass sie auf dem fremden Planeten ankamen, in ihre Körperlichkeit zurückkehrten und plötzlich auf der Oberfläche einer eisigen Welt standen.

Im Grunde zog Solutosan diesen Mantel aus Solidarität zu Ulquiorra an, der sich nicht anderweitig schützen konnte. Er selbst war in der Lage, den Sternenstaub auf seiner Haut so zu verstärken, dass er nicht fror. Ein Mal hatte er nackt und geschützt neben seinem zitternden, unbekleideten Freund auf dem Marktplatz einer fremden Welt gestanden, was ihm unangenehm gewesen war, hatte er sich in diesem Moment doch peinlich berührt gefühlt.

Solutosan knöpfte den Mantel bis zum Hals zu und konzentrierte sich auf die bevorstehende Reise. Das inzwischen von Ulquiorra geschaffene Tor zeigte in seiner Mitte zunächst einen grauen, undurchdringlichen Nebel, der sich verzog, und den Blick in die dunklen Tiefen der Anomalie freigab. In ihre energetische Form verwandelt trat Solutosan Schulter an Schulter mit seinem Gefährten durch den golden flirrenden Ring. Sie folgten dem vom Energetikon vorgegebenen glutroten Pfad, der zusätzlich golden schimmerte. Versonnen betrachtete Solutosan die unzähligen roten Linien, die ein verschlungenes Wirrwarr in der tiefen Schwärze bildeten. Ihre Reisewege.

Da er mit Ulquiorra an der Schulter verbunden war, konnte er leicht mit seinem Gefährten kommunizieren. *Erinnerst du dich, als dieser Raum vor Äonen fast völlig schwarz war und frei von Wegen? Wir besaßen lediglich einen Pfad von Duonalia zur Erde und nach Sublimar. Ich weiß noch, wie du damals von dem Energetikon geschwärmt hast.*

Er spürte seinen Partner lächeln. *Das tue ich nach wie vor. Schau, was uns das Buch für Möglichkeiten eröffnet hat. Haben wir nicht viel gesehen und gelernt?*

Das stimmte. Jedoch schob sich aus seinem tiefsten Inneren der Gedanke, dass er sich mehr Weisheit von diesen Reisen versprochen hatte. Die Erfahrungen hatten seinen Horizont erweitert, aber er war der Alte geblieben – manchmal launisch oder ungerecht, verunsichert und fehlerhaft. Hielt das Schicksal überhaupt eine Art von Vollkommenheit für ihn bereit? Wieder fühlte Solutosan das milde Lächeln seines Gefährten. *Ich will dich so, wie du bist. Perfektion ist langweilig. Was möchtest du werden? Eine gelangweilte Gottheit, die alles weiß und kann? Sei dankbar für deinen unendlichen Lernwillen. Weißt du denn nicht, dass der Weg das Ziel ist?* Solutosan ließ anstelle einer Antwort einen warmen Strom Liebe zu Ulquiorra fließen. Natürlich hatte dieser Recht, in allem. Es war offensichtlich so, dass er manche Dinge einfach gelegentlich gesagt bekommen musste, was Ulquiorra mit unendlicher Geduld tat.

In diesem Moment hatten sie ihr Reiseziel erreicht. Rasch erschuf Solutosan ein Ausgangstor. Hand in Hand traten sie mit einem langen Schritt aus dem energetischen Ring auf den Boden einer unbekannten Welt, die sie mit einem eisigen Windstoß begrüßte.

Die knöchellangen Pelze waren angebracht, denn Renovamion1PRU.AG empfing sie mit stechendem Hagel und spitzen Eisfingern, die augenblicklich versuchten, sich in sämtliche Ritzen ihrer Kleidung zu zwängen. Solutosan blickte zu Ulquiorra, der in diesem Moment offensichtlich über einen Wechsel in die energetische Form nachdachte, um so der Kälte besser trotzen zu können.

Grinsend verwandelte Solutosan lediglich seine Füße mitsamt den Lederstiefeln in die goldene Energie und zeigte diese seinem Kameraden. Er sah, dass Ulquiorra es ihm lächelnd nachtat.

»*Hat dein Vater nicht bisher immer die exakten Koordinaten angegeben?*«, fragte sein Freund und blickte sich um. »*Mir scheint, hier ist nichts.*«

Ohne eine Antwort zu geben, stieg Solutosan auf einen gefrorenen Felsen und sah sich um. Renovami-on1PRU.AG. Die einzige Lichtquelle stellte ein mit Kratern übersäter, zartblau schimmernder Nachbar-Planet dar. Er spendete ein diffuses Licht und ließ die schwarze Felswüste mit ihren bizarren, scharfkantigen Formen noch kälter und ungastlicher erscheinen. »*Ich glaube* ...«, hob Solutosan an. »*Moment mal, da ist irgendetwas.*« Er kniff die Augen zusammen. War da nicht eine Rauchfahne? Mit einem Satz war er von dem Felsbrocken gesprungen, was unbeholfen wirkte, denn der Planet besaß eine etwas geringere Schwerkraft als die Erde oder Duonalia. Ulquiorra, der näher gekommen war, hatte das Problem im gleichen Augenblick bemerkt. Er ließ sich bei jedem Schritt vom Boden abfedern und kam elegant vor Solutosan zum Stehen. »*Wie angenehm. Ich fühle mich, als hätte ich 20 Kilo abgenommen.*«

»*Besser nicht*«, flachste Solutosan. »*Ich mag kein Knochengerippe im Bett. Komm, lass uns mal schauen, was das da vorne ist. Ich habe Rauch entdeckt. Vielleicht ist es eine Behausung. Denn ohne Hilfe finden wir den Kristall niemals in dieser Steinwüste.*«

»*Eventuell ist er von Eruptionen verschüttet worden*«, mutmaßte Ulquiorra. »*Die Aufzeichnungen im Energetikon sind ja teilweise Äonen alt.*«

Solutosan nickte und lief vorsichtig los, Schritt für Schritt, um in der ungewohnten Atmosphäre nicht zu straucheln. Ja, es war lange her, seit sein Vater, der Sternengott Pallasidus, das Buch für ihn geschrieben hatte, um ihm, den Sternenwanderer, die Wege durch

die Galaxien zu weisen. Man konnte nicht davon aus-
gehen, dass die bezeichneten Planeten unverändert
geblieben waren.

Ulquiorra, die Pelzmütze tief in die Stirn gedrückt,
stapfte unbeirrt an seiner Seite.

»Da wohnt tatsächlich jemand, sieh mal!« Sein Freund
deutete auf ein in einer Senke aufgebautes Zelt, aus
dessen Spitze sich eine gelb-grüne Rauchfahne schlängelte. Erst beim Näherkommen sahen sie, dass es eine
geräumige Behausung war, in der sicherlich eine Groß-
familie Platz gehabt hätte.

»Welche Sprache versuchen wir?«, fragte Solutosan. Seit
sie mit dem Energetikon reisten, hatten sie viele Up-
dates ihrer Übersetzermikroben gefahren. Trotzdem
war nie klar, ob sie sich damit auf allen Welten verständlich machen konnten. Solutosan erinnerte sich
kurz an ein Sternensystem mit Wesen, die wie riesige
Staubflocken ausgesehen und sich mit Grunzlauten wie
Schweine oder Warrantzen verständigt hatten. Sämtliche Bemühungen, diese zu übersetzen, waren vergeblich geblieben, da deren Artikulationen keinen Sprach-
rhythmus aufwiesen. In Erinnerung an diese Kreaturen
musste Solutosan grinsen, spürte jedoch von Ulquiorras Seite eine sanfte Mahnung, er möge sich auf den
bevorstehenden Besuch bei den Einheimischen kon-
zentrieren.

*»Wer in so einer Einöde wohnt, ist garantiert für Geschenke
empfänglich. Ich werde meine Mütze anbieten«*, meinte Ulquiorra.

*»Prima, und ich spendiere meine Handschuhe. Ich kann die
Hände auch in die Taschen stecken.«*

Solutosan räusperte sich laut, um sich eventuellen
Bewohnern des Zeltes bemerkbar zu machen, denn
klopfen auf der lederähnlichen Zelthaut war nicht

möglich. Solutosan versuchte es auf Englisch. »Hallo?«, rief er in Richtung des Zelteinganges. »Wir sind Wanderer und kommen in Frieden.« Er wechselte zu Duonalisch. »Ist irgendjemand da drin?« Geduldig warteten sie auf Antwort und lauschten den gedämpften Geräuschen aus dem Zelt. Dann riss Solutosan der Geduldsfaden. Da war jemand und vielleicht hatte man sie einfach nicht gehört. Vorsichtig drückte er die Zeltplane auseinander, die den Eingang verschloss, und steckte den Kopf in den Innenraum. Stickige, dumpfe Luft, angefüllt mit einem scharfen Geruch von Tieren schlug ihm entgegen. In der Mitte des Zeltes brannte ein Feuer, dessen grün-gelbe Flammen hell züngelten. Sie beleuchteten eine kleine Herde pelziger Wesen, die ihn mit kugelrunden, dunklen Augen ängstlich anstarrten. Die Geschöpfe erinnerten Solutosan von ihrem Körperbau an Riesenschildkröten von der Erde, nur besaßen diese keinen Panzer, sondern ein krauses, schmutzig-weißes Fell, das ihren Leib bis fast auf den Boden bedeckte. Die ledernen, klumpigen Füße wiesen lange Krallen auf. Sie atmeten pfeifend.

Entschlossen machte Solutosan einen Schritt in den stickigen Raum und winkte Ulquiorra hinter seinem Rücken ihm zu folgen.

»Hast du so etwas schon mal gesehen?«

Ulquiorra schüttelte mit angespannter Miene den Kopf und blickte tiefer in die Dunkelheit. Jetzt erst nahm Solutosan die große, gebeugte Gestalt inmitten der ungewöhnlichen Herde wahr. Das Gesicht von einer Kapuze völlig verdeckt, in einen braunen Umhang gekleidet, kratzte der Mann einem der Tiere den Kopf, hielt die Hand unter dessen Leib und richtete sich dann zu voller Größe auf. Er stand Ulquiorra mit seinen zwei Metern Körpermaß in nichts nach. Ohne sie zu beachten, schlurfte der Fremde zur Feuerstelle und warf den Dung, den er dem Wesen abgenommen hatte, in die Flammen. Es war eindeutig, dass dort mit den Ausscheidungen geheizt wurde. Das Feuer verbreitete eine angenehme Wärme, was die Ausdünstungen der Herde verstärkte.

Der Mann beachtete sie nicht. Allerdings hatte Solutosan den Eindruck, dass dieser ihre energetischen Füße kurz gemustert hatte.

»Guten Tag.« Ulquiorra sprach duonalisch. Solutosan merkte ihm an, dass er keine Lust hatte zu experimentieren. Erst wenn der Fremdling sich äußerte, konnten ihre Übersetzermikroben reagieren. »Wir sind fremd hier. Wir möchten dir ein Geschenk überreichen. Wir brauchen deinen Rat, denn wir sind gekommen, um einen Kristall zu sehen. Weißt du etwas davon?« Es war nicht klar, ob der Mann sie verstanden hatte. Vielleicht hatte er gar keine Ohren, oder war sogar stumm. Ulquiorra ließ sich nicht aus der Ruhe bringen. »Wir brauchen also einen Führer. Kannst du uns helfen?«

Augenscheinlich war dem Einheimischen ihr Besuch völlig gleichgültig. Er schlurfte zu seinen Tieren zurück, griff einem von ihnen ins Maul und steckte darauf hin seinen mit einer langen, gelben Kralle versehenen Finger prüfend in den Mund. Zumindest nahm Solutosan an, dass die Kreatur unter ihrer Kapuze ein Gesicht sowie einen Mund besaß. Durch diesen Handgriff konnte er einen Blick auf des Mannes mehrfingrige Hand erhaschen, die von schimmernd grünen Schuppen bedeckt, an eine Echsenhaut erinnerte. Die flackernden Flammen beleuchteten die unwirkliche Szene.

»Wir sollten ihm Zeit geben sich an uns zu gewöhnen«, überlegte Solutosan. »Feindlich scheint er ja nicht zu sein.

*Komm, setzen wir uns einfach mal hin. Vielleicht spricht er ja
dann doch noch mit uns.«*

»Wenn du damit einverstanden bist«, hob Ulquiorra
höflich an, »setzen wir uns einen Moment an dein Feuer, um uns zu wärmen.«

Sie nahmen langsam und vorsichtig auf zwei flachen,
schwarzen Steinen Platz. Ulquiorra zog seine Mütze
vom Kopf und legte sie in einiger Entfernung auf den
Boden. Nun saßen sie näher an der Herde, die sie weiterhin mit ängstlich aufgerissenen Augen musterte und
pfeifend den Atem ausstieß.

Sie warteten, geduldig und lange, während der Einheimische sich um seine Tiere kümmerte, sie kratzte,
an ihren Pelzen zupfte, ihnen in die Mäuler griff oder
die Klauen mit einem kleinen, schwarzen Stein feilte.

Solutosan ertappte sich dabei, dass er ein wenig einnickte. Er hatte sich schnell an den strengen Geruch
der Herde gewöhnt, das Feuer verbreitete wohlige
Wärme und das rhythmische Pfeifen der Schildschafe,
wie Solutosan sie bereits getauft hatte, schläferte ihn
ein.

Mit ein paar Schritten war der Mann zur Feuerstelle
getreten und stand nun unschlüssig da. Solutosan war
sofort wach. »Faridar«, stieß der Fremde unter seiner
Kapuze hervor.

Ulquiorra war der bessere Diplomat und Solutosan
wusste das. Deshalb überließ er seinem Freund das Reden. »Faridar?« Mit diesem Wort konnten die Übersetzermikroben nichts anfangen. »Ist das dein Name? Ich
bin Ulquiorra und der neben mir ist Solutosan.«

Der Mann hob den Kopf so weit, dass die große Kapuze ein wenig zurückrutschte und sein Gesicht freigab.
Solutosan unterdrückte den Ausruf des Erstaunens.
Eine Echse. Ein Dinosaurier? Vielleicht eine Art Legu-

an? Er spürte Ulquiorra lächeln und bemerkte, dass er wiederum dabei war, eines der ungewöhnlichen Wesen, denen sie auf ihren Reisen begegneten, auf irgendeine Art zu kategorisieren. Das war eigentlich sinnlos, das wusste er, aber trotzdem versuchte er es immer wieder. Solutosan empfand die Erde, Duonalia und auch Sublimar als seine Heimatwelten, beherbergten sie doch ähnlich aussehende Bewohner – wenn man die Bacanis und die Piscanier einmal ausschloss. Was hatten sie nicht alles schon Hüpfendes, Schleimiges, Vielfarbiges oder mit stacheligen Tentakeln um sich Schlagendes gesehen, seit sie die Welten bereisten. Weshalb war Faridar so erstaunlich?

Nun erst bemerkte Solutosan, dass er während seiner Überlegungen völlig in dem gelbgrünen, schillernden Blick des Wesens versunken war. Faridar war schön, das war es wohl. Sein grün-goldenes Haupt erinnerte an eine bezaubernde Smaragdeidechse, deren zartschuppige Haut sich in der Sonne spiegelte. Er blickte zu ihren Füßen und wandte den Kopf zu Ulquiorra. »Große Kraft.« Nur diese beiden Worte.

Die Übersetzermikroben arbeiteten, fanden eine Lösung und wandelten die Sprache unzweideutig um.

»Ja, wir sind Energetiker, Faridar«, antwortete Ulquiorra.

Ob es klug war, das zu erwähnen? Solutosan wandte nicht den Kopf, aber Ulquiorra verstand seine Botschaft. »*Er hat unsere Füße sowieso gesehen. Es mag ihm als Warnung dienen.*«

Solutosan nickte, auch wenn ihm Faridar harmlos erschien.

»Wir sind wegen des Kristalls gekommen. Es steckt keine schlechte Absicht dahinter. Wir möchten ihn lediglich sehen und lernen. Weißt du, wo er ist?«

Nun war klar, dass Faridar sie verstanden hatte. Er blickte Ulquiorra aufmerksam an.

Dann wandte er sich um und ging zu seinen Tieren zurück, verschwand in der Herde, um einem der Schildschafe wieder den Kopf zu kratzen.

»Na, das kann dauern«, witzelte Solutosan. »Du solltest dir von ihm auch einmal die Schädeldecke massieren lassen, Ulquiorra.«

Der Freund konnte ein Grinsen nicht unterdrücken. »Wir haben doch Zeit. Lass ihn einfach machen. Immerhin ist er auf uns zugekommen.«

Ja, das stimmte. Und Solutosan litt ja wahrlich nicht, während er wartete. Es eilte ihm auch nicht, wieder in die schneidende Kälte zu kommen. Wie Faridar es in dieser Einöde wohl schaffte, die Viecher zu ernähren?

Gemächlich streckte Solutosan seine Beine Richtung Feuer und materialisierte seine Füße. Er spürte, dass Faridar in seiner dunklen Ecke jede ihrer Bewegungen genau registrierte. Deshalb wackelte er extra noch ein bisschen mit den Stiefeln.

Die Stunden vergingen. Solutosan saß inzwischen mit angezogenen Beinen am Feuer, Arme und Kopf auf den Knien und entspannte sich. Er fühlte sich wohl, er, der sonst so Rastlose, saß einfach da und beobachtete die Zeit, wie sie verrann – eine angenehme Beschäftigung.

Faridar kam zum Feuer zurück. »Kristall«, sagte er unvermittelt, was Ulquiorra sofort auf die Füße brachte. »Du weißt, wo er ist? Führst du uns hin?«

Anstelle einer Antwort verschwand der Echsenmann in einer Ecke des Zeltes und kehrte in einem Pelzumhang zurück, der offensichtlich aus den Fellen der Schildschafe gefertigt worden war. Die Kapuze wieder tief ins Gesicht gezogen wiederholte er das Wort:»Kristall.«

Es ging los. Solutosan erhob sich mit gemischten Gefühlen. Natürlich wollte er in die Sehenswürdigkeit blicken, aber genau so gerne hätte er weiterhin in die Flammen gestarrt und dem Pfeifen der Schildschafe gelauscht. Mit einer heftigen Handbewegung zwang Faridar Ulquiorra, die Pelzmütze zurückzunehmen und aufzusetzen. Er packte einen braunen Ledersack, schlang ihn sich um die Schulter, nahm einen mannshohen, geraden Stab, der an der Zeltwand lehnte, und schritt zum Ausgang.

Sie liefen lange, Faridar vorneweg. Mit der Zeit passte Solutosan sich an die verminderte Schwerkraft an, und ging ruhig und ausdauernd. Da es dunkler geworden war, musste er darauf achten, wohin er seinen Fuß setzte, um nicht zu straucheln. Die Felsbrocken wurden allmählich weniger, hörten dann ganz auf. Faridar, Ulquiorra und er bewegten sich auf einer glatten, tiefschwarzen Fläche. Jäh türmte sich vor ihnen Schwärze auf, wie eine undurchdringliche Wand. Ulquiorra und Solutosan ließen automatisch den Blick nach oben schweifen, um zu spähen, wo diese endete. Sie verschwamm jedoch völlig mit dem dunklen, sternenlosen Himmel.

»Ist das eine Felswand? Das sieht aus wie das Ende der Welt«, bemerkte Ulquiorra neben ihm.»Ich kann kaum noch etwas sehen. Ob er wirklich weiß, was er tut?«

In diesem Moment packte Faridar Ulquiorra bei den Schultern. »Kristall.« Der Mann zog Ulquiorra in einen schmalen Spalt in der schroffen Wand, den sie zuvor nicht wahrgenommen hatten. Solutosan folgte den beiden auf den Fersen. Der enge Durchgang setzte sich eine Weile fort und erhellte sich allmählich.

An seinem Ende bogen sie um eine Ecke und waren schlagartig einer gleißenden Helligkeit ausgesetzt, die nach der Wanderung durch die dunkle Landschaft schmerzhaft in den Augen stach. Instinktiv hob Solutosan seinen Arm vor die Stirn, um unter ihm hervorlugen zu können.

Kristall? Da war nicht nur **ein** Kristall! Faridar hatte sie in eine weitläufige, kristalline Gerölllandschaft geführt, die blitzte, schillerte und schien, als würde sie von einer unterirdischen Lichtquelle erhellt. Gebannt blieben sie stehen, um diesen ungeheueren Eindruck auf sich wirken zu lassen.

»Ist das der besagte Kristall, der als der schönste des Universums gilt?«, fragte Ulquiorra ihren Führer.

Faridar, dem die Helligkeit nichts auszumachen schien, schüttelte den Kopf. Er deutete mit der Hand in die Ferne der blitzenden Landschaft. »Kristall«, wiederholte er.

Solutosan war völlig gefangen von der Schönheit dieser Gegend, denn die vermeintlich mineralischen Formationen glänzten irisierend in allen Farben, glitzerten und fingen jedes nur erdenkliche Licht ein, um es in die Luft zu spiegeln. Auch war es nicht mehr so schneidend kalt und windig wie in der unwirtlichen Landschaft zuvor.

»Rasten«, beharrte Faridar, ließ seinen Sack zu Boden gleiten, setzte sich hin und benutzte sein Gepäck als bequeme Rückenstütze. Dabei öffnete sich sein Umhang und gab den Blick auf seinen Körper frei.

Eigentlich hatte Solutosan nicht vor, nun zu pausieren. Er wollte weiter, um endlich den Kristall zu sehen, aber der Anblick von Faridars Leib ließ ihn gehorchen und gehorsam auf den Untergrund sinken, um den Mann in Ruhe betrachten zu können. Er fühlte, dass es Ulquiorra ebenso erging wie ihm. Sein Freund entledigte sich des dicken Pelzmantels, warf ihn auf den Boden und setzte sich darauf, das duonalische Gewand über die Knie gezogen. Auch er musterte Faridar interessiert.

Der Körper des Echsenmannes ähnelte dem von Ulquiorra. Muskulös, stark jedoch mit zart geschuppter grün-goldener Haut, die im Licht der Kristallwelt sanft schimmerte. Anstelle von Kleidung trug er Lederriemen in verschiedenen Breiten um den Leib geschlungen, was seine vollendeten Proportionen perfekt zur Geltung brachte. Bei einem unauffälligen Blick auf sein Geschlecht musste Solutosan trocken schlucken. Faridar besaß einen bis zu den Knien reichenden Penis von enormer Stärke mit einer golden schillernden Eichel sowie einen schweren, prallen Hodensack. Beides stellte er ohne irgendwelche Scheu zur Schau.

Solutosan war beeindruckt und blickte zu Ulquiorra, um ihm wenigstens zuzublinzeln, denn er hätte niemals die Unhöflichkeit besessen, die Intimitäten ihres Führers in seinem Beisein zu kommentieren – auch nicht telepathisch. Erstaunt nahm er wahr, dass Ulquiorra auf seinen Pelzmantel gekuschelt eingeschlafen war.

Er ließ seinen Blick wieder zu Faridar schweifen, der ihn aufmerksam betrachtet hatte. Der Mann lehnte sich lasziv und entspannt zurück. War das ein Lächeln?

Konnten Echsen überhaupt lächeln? Die ganze Situation verursachte bei Solutosan ein altbekanntes Ziehen im Unterleib. Er war nicht fähig den Blick von dem Echsenmann abzuwenden – ein Fehler, denn sein Schwanz machte sich gegen seinen Willen stark. Die Situation erregte und verwirrte ihn. Er hatte nicht damit gerechnet, in Faridar einem hochgradig erotischen Verführer zu begegnen. Das, was der Mann ausstrahlte, ging eindeutig in diese Richtung. Was veranlasste ihn, nun ebenfalls seinen Mantel, die Handschuhe und die Mütze abzustreifen? Unter diesen Sachen trug er einen bequemen Karateanzug aus Donafaser. Dass die weite Hose seinen Erregungszustand zeigte, war Solutosan gleichgültig. In diesem Moment spürte er erneut den fließenden Zeitstrom des Planeten, den er bereits in Faridars Zelt als angenehm empfunden hatte. Zeit hatte offensichtlich auf dieser Welt keinerlei Bedeutung. Sie fühlte sich an wie ein Genussmittel, eine sanft gleitende Droge, die ihm sagte, dass es völlig unwichtig war, wie lange er, der Unsterbliche, auf dem kristallinen Boden sitzend verweilte. Oder über welchen Zeitraum er sich Vergnüglichem widmete.

Trotzdem zwang er sich, seine ruhig dahinschwebenden Gedanken mit einer Frage zu beschäftigen. Er begehrte Faridar, spürte bereits in seiner Vorstellung dessen glatten Körper auf seinem. Aber konnte er das verantworten, während sein Gefährte dabei war? Bisher waren sie sich immer genug gewesen. Sie liebten sich, hatten gerne und ausdauernd Sex. Und nun war da unvermutet eine lockende Versuchung. War es ihm erlaubt, dieser nachzugeben?

Wie kam es, dass Faridar plötzlich so nah war? Er sich den Mantel mit ihm teilte? Solutosan duldete es, dass der Mann ihm den Dona-Anzug vom Leib streifte, ihn betastete, intim berührte. Ihr Götter, der Echsenleib schien ihm ein streichelndes, anschmiegsames Gedicht zu sein. Solutosans Glied in Faridars Händen pulsierte. War das sein Mund? Solutosan schloss die Augen und gab sich hin, bis sein ganzer Körper sich in einem fließenden, alles spendenden und wollüstigen Strom auflöste.

$$\mathcal{Su}$$

Er fror. Völlig desorientiert erwachte Solutosan. Wo war er? Alarmiert richtete er sich auf. Er saß nackt auf seinem Pelzmantel, die Kleidung um sich herum verstreut. Faridar? Der Mann war verschwunden. Mit ihm der Sack und sein Stab. Ulquiorra? In Panik blickte Solutosan neben sich. Den Göttern sei Dank, Ulquiorra lag weiterhin schlafend an seiner Seite.

Sofort wollte er zu seinem Kameraden kriechen und ihn rütteln, um ihn zu wecken. Da fiel ihm siedend heiß ein, was er mit Faridar getrieben hatte. Er war Ulquiorra untreu geworden, hatte sich von des Echsenmannes hocherotischer Ausstrahlung fangen lassen und war ihm ohne Sinn und Verstand in die Arme gesunken.

Hastig zog Solutosan seinen Anzug wieder an. Irgendwann würde er das seinem Freund beichten müssen.

Sie waren bereits Äonen zusammen. Sie kannten sich durch ihre Verschmelzungen bis in jede Zelle. Spätestens, wenn er sich mit Ulquiorra in einer energetischen Verbindung befand, würde dieser bemerken, was passiert war. Es hatte also gar keinen Zweck, etwas verheimlichen zu wollen. Er konnte lediglich diese Vereinigung eine Weile hinauszögern. Sein schlechtes Gewissen schlug heftig. Ob sein Freund ihm diesen Ausrutscher verzieh?

»Ulquiorra! Wach auf! Wieso schläfst du eigentlich die ganze Zeit?« Solutosan rüttelte seinen Kameraden, der die Augen öffnete und ihn mit verschwommenem Blick ansah.

»Solutosan?«

»Was dachtest du denn?« Solutosan runzelte die Stirn. Da stimmte doch etwas nicht.

»Wo ist Faridar?« Ulquiorra richtete sich auf, betastete seinen Leib.

»Der ist abgehauen.« Solutosan erhob sich abrupt. *»Das war ja wohl nichts mit dem ...«* Er hielt inne. War das nicht der schönste Kristall, den er jemals gesehen hatte? Und sie hatten die ganze Zeit davor gesessen.

»Schau mal!« Sein Fund freute ihn ungemein. *»Komm her und sieh dir das an!«*

Mit einem Satz war Ulquiorra an seiner Seite. Den mannshohen, kristallinen Brocken hätten selbst Ulquiorra und er gemeinsam nur mit Mühe umfassen können. Schulter an Schulter standen sie gebannt vor der Sehenswürdigkeit und blickten in dessen schillernde Tiefe. *»Es sieht so aus, als würde er eine kleine Sonne in sich verbergen. Wieso ist er uns nicht früher aufgefallen?«*, staunte Ulquiorra.

In diesem Moment schossen zwei starke Strahlen aus dem Inneren des Kristalls und trafen ihn und Ulquiorra in die Brust, in die Zentren ihrer Kraft. Einen Augenblick lang dachte Solutosan, es würde ihm ein Stück seines Brustkorbes herausgerissen. Mit aller Macht zog der Stein einen kurzen Energieschub aus ihm heraus. Der Strahl verschwand so plötzlich, wie er erschienen war. Solutosan stand verblüfft und wie angewurzelt da.

Der Kristall hatte Energie gestohlen, was nicht schmerzhaft gewesen war, besaßen sie doch unendlich viel davon.

»*Was war das? Hörst du das?*« Ulquiorra beugte sich vor.

»*Ja, er summt auf ein Mal.*«

Sie lauschten gebannt.

Das Summen des Kristalls verstärkte sich. Ein Knistern gesellte sich zu dem lauter werdenden Geräusch. Das innere Strahlen nahm rapide zu.

»*Beim Vraan! Was passiert hier?*« Solutosan packte Ulquiorra am Arm und zog ihn einige Schritte rückwärts. Nun vernahmen sie das Knistern und Knacken in der gesamten Umgebung.

»*Lass uns verschwinden!*« Er wollte den Rückzug antreten, aber Ulquiorra hielt ihn zurück.

»*Nein! Ich will wissen, was hier passiert*«, rief sein Freund durch den stärker werdenden Lärm und dematerialisierte sich.

Das war eine gute Idee. In ihrer energetischen Form waren sie in Sicherheit. Solutosan folgte seinem Vorbild, wich gemeinsam mit Ulquiorra trotzdem weiter zurück bis an den Eingang der Kristallwelt.

Gebannt beobachteten sie das Schauspiel, sahen die kopfgroße, strahlende Kugel, die sich aus dem Kristall löste und zum Himmel empor schoss, während die gesamte Umgebung klirrend zerfiel, sich auflöste, dünnflüssig wurde wie Wasser. Sie blickten zum heller werdenden Himmelszelt. Eine Sonne. Dieser Gedanke durchfuhr ihn und Ulquiorra gleichzeitig.

Hinter ihrem Rücken krachte es ebenfalls. Die schwarze Felswand fiel in sich zusammen. Nun wurde es ihnen doch zu gefährlich. Solutosan und Ulquiorra stiegen über die Planetenoberfläche und beobachteten schwebend aus einiger Entfernung, wie die neue, sich vergrößernde Sonne ihre Arbeit tat. Gebannt verfolgten sie die Entstehung von grüner Vegetation, dem Wuchs von Pflanzen und Bäumen, der Entwicklung von Flüssen und blau glitzernden Seen. Wie im Zeitraffer spielte sich diese Veränderung vor ihren Augen ab. Es war wunderschön anzusehen. Die schwarze Steinwüste war Vergangenheit. Der Welt unter ihnen blühte und grünte, besaß eine Atmosphäre, in die Solutosan und Ulquiorra nach einer ganzen Weile zurückkehrten, um sie aus der Nähe zu betrachten.

»Nun verstehe ich, wieso dieser Planet Renovamion heißt«, stellte Ulquiorra fest. »Er hat darauf gewartet, dass wir kommen und ihm die Energie für seinen Neustart geben. Ob dein Vater das gewusst hat?«, überlegte er. »Könnte es sein, dass der Zusatz PRU.AG sich ableitet vom lateinischen »Prudenter agere«, was bedeutet, dass wir vorsichtig handeln sollen?«

Solutosan materialisierte sich. Fast war ihm der Name des Planeten egal und auch, ob sein Vater sie vor der Welt gewarnt hatte. Zum einen kam diese Mahnung zu spät, zum anderen war das Erlebnis einfach zu imposant. »Wahnsinn!« Er bückte sich zu dem saftig grünen Gras und pflückte einen Stängel, blickte in die Weite des Graslandes, über das der warme Wind strich und die Halme in sanften Wellen bewegte. Ob Faridar das überlebt hatte? Hatte es ihn überhaupt jemals gegeben? Angestrengt horchte er in sich. Es war doch erst einige Stunden her, dass er dem verführerischen Echsenmann verfallen war. Wie passte das alles zusammen?

Versonnen musterte er seinen Freund, der in Gedanken verloren neben ihm stand. War es überhaupt nötig, jetzt noch zu beichten?

»Komm, lass uns ein Stück laufen, und uns ein wenig umschauen. Das war wahrlich ein umwerfendes Schauspiel. Und wie schnell das alles passiert ist.«

Sie gingen los.

Diese Welt fühlte sich fast an wie ihre Heimat Duonalia. Solutosan schritt beschwingt aus, atmete die frische Luft tief ein. Er lachte, als Ulquiorra die Arme ausbreitete und einen kleinen Hügel hinunter rannte, folgte ihm und warf ihn um. Gemeinsam kugelten sie lachend in eine mit bunten Blumen bewachsene Senke. Glücklich lagen sie nebeneinander im Gras. Sie hatten eine Welt erschaffen. Zum Teufel mit der obersten Direktive! Das war das Schönste, das Solutosan jemals auf ihren Reisen erlebt hatte. Er blickte in Ulquiorras dunkle Augen und sah darin den gleichen Gedanken.

»Willkommen!«

Der Klang der Stimme traf sie unvorbereitet.

»Wir haben auf euch gewartet, ihr Schöpfer.«

Sie fuhren hoch.

Vor ihnen stand auf einen Stab gelehnt ein Wesen und blickte sie mit gelb-grünen Echsenaugen in einem sehr menschenähnlichen Antlitz an. Sein weißes Haar flatterte im Wind, während die Sonne sich auf der goldenen, zart geschuppten Haut seiner bloßen Arme spiegelte. Der junge Mann trug Kleidung aus Leder, mit groben Stichen vernäht, die nackten Beine mit Lederriemen in verschiedenen Breiten umschlungen.

Solutosan starrte ihn an und versuchte zu begreifen, was er da sah. Konnte es sein, dass er seinem Sohn gegenüberstand? Er schluckte trocken.

»Wieso?«, fragte Ulquiorra erstaunt.

Nein, es war nun nicht der geeignete Zeitpunkt, vor dem Jungen auf seinen Seitensprung einzugehen. Was ihn eher verblüffte, war das Alter des Fremdlings.

»Bitte kommt«, drängte der Junge. »Alle warten auf euch.«

»Alle?« Was nahm dieses Abenteuer für Formen an? Hatten sie nicht nur eine Erneuerung des Planeten in Bewegung gesetzt? Wie es aussah, war Solutosan dazu auserkoren gewesen, auch direkt für die passende Bevölkerung zu sorgen. Peinlich berührt rappelte er sich hoch.

»*Verstehst du das?*«, fragte er Ulquiorra, der mit verschlossenem Gesicht neben ihm herlief. Der Freund antwortete nicht.

»Hier ist unser Dorf«, berichtete der Knabe stolz. »Unser Urvater hat immer prophezeit, dass ihr kommen werdet. Wir haben nach seinen Regeln gelebt und uns vorbereitet, damit ihr ein gutes Volk vorfindet, das ihr gerne führen wollt. «

Die Häuser der vor ihnen liegenden Siedlung bestanden aus Holz und Zeltplanen. In einem großen Pferch standen Schildschafe und pfiffen. Wie gerufen stürzten die Dorfbewohner aus den Türen, kamen begeistert angerannt: Männer, Frauen und Kinder. Alle besaßen eine zart geschuppte Echsenhaut, einige in einem goldenen Farbton, andere wiederum zeigten schwarze Haut mit goldfarbenen Schlieren, die sich sanft bewegten. Erschüttert sah Solutosan in ihre strahlenden Gesichter, blickte in Echsenaugen, Ulquiorras tiefschwarze Augen und seine eigenen, dunkelblauen Sternenaugen.

Hinter den Bewohnern auf dem kleinen, zentralen Dorfplatz, erhob sich eine Statue aus schwarzem Stein gehauen. Ein Bildnis von Faridar. Er lächelte.

Nachwort:
Zurück auf Duonalia saß Solutosan einige Zyklen später auf einem Schemel und zeichnete. Eigentlich hatte er vorgehabt, eines der Schildschafe mit seinen kugelrunden Augen auf das Stück Pergament zu bannen. Jedoch ließ ihn das Bild Faridars nicht los, wie er hingegossen auf dem kristallinen Steinboden lagerte. Und so formte sich ein Bildnis des attraktiven Echsenmannes unter seinem Pinsel.

Völlig versunken nahm er wahr, dass Ulquiorra den Raum betreten hatte und ihm hinter seinem Rücken interessiert bei der Arbeit zusah. *»Ja, so sah er aus«*, kommentierte sein Freund das Bild mit sanfter Stimme. *»Er war schön. Und er hat uns benutzt.«*

Das stimmte. Faridar hatte eine enorme Faszination besessen. Trotzdem war Solutosan sauer auf Faridar, hatte er ihm nicht nur Energie und Sperma, sondern auch Zeit geraubt.

Ja, einem Unsterblichen konnte man ebenfalls Zeit stehlen. Tausende duonalische Zyklen waren auf Renovamion verstrichen. Innerhalb dieses Zeitraums hatten Solutosans Tochter Halia und selbst die beiden langlebigen Trenarden das Zeitliche gesegnet. Lediglich Solutosans Enkel Taron bewohnte die ehemalige Karateschule, die er zu einer Töpferei umgebaut hatte. Es schmerzte Solutosan, die Zeit mit seiner Tochter verpasst und ihr bei ihrem Tod nicht zur Seite gestanden zu haben.

Außer seinem unsterblichen Freund und Duocarn Meodern, der nach wie vor in Duonalia-Stadt wohnte, kannte niemand mehr Ulquiorra und ihn, was bedeutete, dass sie völlig neu beginnen mussten.

Ulquiorra, der seine Gedanken nachempfunden hatte, legte ihm beschwichtigend die Hände auf die Schultern. »*Wir haben ein neues Volk erschaffen. Sie sind glücklich und sie warten auf unsere Rückkehr nach Renovamion.*«

»*Das wird mir eine Lehre sein*«, grunzte Solutosan und kleckste einen dicken, roten Punkt über Faridars Gesicht. »*Die oberste Direktive ist völlig gescheitert. Er hat mich dazu gebracht, dir untreu zu werden. Ihr Götter, was hat mich das belastet.*«

Beruhigend kraulte Ulquiorra ihm das Haar. »*Mir ist es doch ebenso ergangen wie dir. Wir hatten nie darüber gesprochen, wie stark wir Treue in unserer Beziehung bewerten. Ich sah dich bereits wutentbrannt davonlaufen.*«

»*Nein, ich bin nicht wütend auf dich. Nur auf ihn.*« Solutosan schloss die Augen und genoss die angenehme Berührung.

»*Aber es war doch schön mit ihm, oder?*«, fragte sein Freund. Solutosan nickte. Ulquiorra hielt inne. »*Er war ein wundervoller Liebhaber. Zumindest hat er mir das vorgegaukelt. Ich bin mir selbst jetzt noch nicht sicher, was er eigentlich genau gemacht hat. Nur, dass es erregend und erfüllend war. Mir erscheint Faridar im Nachhinein wie ein Phantom.*«

»*Ich hätte an dem Morgen vor unserer Reise doch mit dir schlafen sollen*«, überlegte Solutosan laut. »*Das werde ich von nun an vor jeder Exkursion machen. Danach ziehen wir satt und zufrieden los, gegen jegliche Versuchung gewappnet.*«

Ulquiorras Hände glitten seinen Hals hinunter, kamen auf Solutosans Brustwarzen zu liegen, die er sanft massierte. »*Hatte ich dir eigentlich erzählt, dass meine Wächter bereits unruhig sind und morgen unbedingt wieder reisen wollen?*«, fragte Ulquiorra mit einem Lächeln in der Stimme.

In aller Ruhe legte Solutosan den Pinsel beiseite, nahm prüfend seines Freundes linke Hand und betrachtete die ruhig schlafenden Buch-Wächter.

»Ah ja, ich seh's. Sie tanzen ja regelrecht. Also werde ich wohl vorsorgen müssen. Nicht, dass wir nochmals gegen die oberste Direktive verstoßen und unsere Nachfahren irgendwann tausende Galaxien bevölkern. Komm, lass uns umfangreiche Reisevorbereitungen treffen.«

Mit diesen Worten erhob Solutosan sich lustvoll grinsend und führte seinen strahlenden Freund zum Bett.

Hochzeit

In den frühen Abendstunden des Jahres 2109 fuhr David wie üblich mit dem kleinen Solarfahrzeug zu Tervs und Patallias Forschungslabor in der Nähe des Capilano Lake, um Tervenarius von der Arbeit abzuholen. Ihre Firma war zu einem erfolgreichen Unternehmen mit mehreren hundert Mitarbeitern herangewachsen. Da Terv und Pat nicht im Mittelpunkt des Interesses stehen wollten, hatten sie Steward Ross engagiert, der das Geschäft offiziell als Vorstands-Vorsitzender führte.

David stieg aus dem Fahrzeug und blickt hinauf zu den verspiegelten Energie-Fenstern des dreigeschossigen Gebäudes. Das machte er jeden Abend, obwohl er wusste, dass er nicht sehen konnte, ob in Tervs Labor noch Licht brannte. Prüfend musterte David die glänzende Fassade. Er hatte den Firmensitz entworfen, dessen Bau geleitet und er war stolz darauf. Aber deshalb blickte er nicht nach oben. Ihm war klar, dass der unsterbliche Tervenarius kaum Gefahr lief, von Rebellen und Plünderern getötet zu werden. Trotzdem empfinde das Haus wie eine schützende Burg für meinen Liebsten und will wissen, ob damit alles in Ordnung ist, dachte er.

Im Vorbeigehen nickte er dem uniformierten Wachmann in seinem Häuschen aus Panzerglas freundlich zu, ging zum Computer in der gepanzerten Eingangstür, und gab seinen Code ein. Die Tür öffnete sich lautlos. Das schmucklose Gebäude umfing ihn mit einer kühlen Stille. David kam bewusst erst dann, wenn die Angestellten bereits gegangen waren, denn nach wie vor bedachten ihn einige mit Seitenblicken. Ihn, den Lebensgefährten eines der geheimnisvollen Chefs.

Geduldig wartete er, bis die Tür des Lifts sich öffnete, und stieg ein. Während sich der Aufzug lautlos empor bewegte, studierte er ein Informationsblatt, das er vom Empfangstresen mitgenommen hatte. Die Firma verzeichnete gute Erfolge und hatte bereits zwei marktfähige Produkte entwickelt: ein erwärmendes Medikament gegen Folgen einer der schlimmsten Seuchen der letzten Jahrhunderte „Die Kälte" und ein hochwirksames Kombinations-Schmerzmittel. Er wusste, dass Tervenarius es ablehnte, duonalische oder auranische Errungenschaften auf der Erde zum Einsatz zu bringen. Patallia und er hatten diese Ergebnisse mit Hilfe von Patallias unerschöpflichem medizinischen Können, gepaart mit Tervs Fähigkeiten Mikroorganismen und Pilze betreffend, erzielt.

Der Lift hielt an und David stieg aus. Er kannte den Weg und lief schnurstracks in das Labor, in dem sein Geliebter vor dem Rechner saß, das Kinn nachdenklich in die Hand gestützt. Tervenarius wandte den Kopf, als er Davids leichte Schritte auf dem anthrazitfarbenen Teppichboden vernahm und ein Lächeln erhellte sein Gesicht.

Davids Herz klopfte laut und heftig. Wahnsinn, dachte er, und das nach so vielen Jahren. Ich liebe und begehre ihn wie am ersten Tag. Rasch ging er auf Terv zu, drehte seinen Gefährten auf dem rollenden Bürostuhl zu sich um und ließ sich vor ihm auf den Boden sinken. David schlang sehnsüchtig die Arme um Tervs Leib und legte den Kopf auf seinen Schoß.

»Da bist du ja. Ist es schon wieder so spät?« Tervenarius fuhr mit gespreizten Fingern durch Davids halblanges Haar, liebkoste seine Ohrmuscheln, strich sanft über seine Stirn.

David richtete sich auf und blickte ihn an. »Ich weiß, dass ich dich hier abholen muss. Das haben wir so vereinbart und ich werde es immer tun. Mir ist klar, dass du sonst alles vergisst.«

»Ich vergesse die Zeit, David«, antwortete Terv sanft, »aber nicht dich. Im Gegenteil.« Er nahm seinen Kopf mit beiden Händen, beugte sich hinab und küsste ihn zärtlich. »Wenn du wüsstest, wie oft ich hier sitze und an dich denke.«

»Warum stehst du dann nicht auf und kommst nach Hause?«

»Weil meistens sofort etwas dazwischen kommt, mein Liebling.« Terv küsste ihn wieder und David umschlang ihn fester mit seinen Armen. »Ich habe mich entschlossen den Menschen zu helfen, und was ist schon Zeit?« Er betrachtete ihn prüfend. »Oder fühlst du dich vernachlässigt und läufst mir irgendwann davon?«

»Nein.« David schüttelte den Kopf und erhob sich. »Nicht wenn du jetzt mitkommst.«

Terv drehte sich zu seinem Rechner, speicherte die Dateien und fuhr ihn herunter. Dann dämpfte er das indirekte Decken-Licht bis auf eine Lampe. Draußen war es inzwischen dunkel geworden und das Labor erhielt so eine angenehmere Atmosphäre.

David hatte sich auf einen der freien Labortische gesetzt. »Ich bin nicht eifersüchtig auf deinen Job, Terv, aber manchmal frage ich mich, warum du das machst. Wir könnten faulenzen, Zeit vergeuden, das Leben genießen. Stattdessen arbeiten wir. Was treibt uns?«

Tervenarius erhob sich, streifte den weißen Laborkittel ab und hängte ihn über die Lehne seines Bürostuhls. Darunter trug er eine schwarze Jeans und ein dunkles Sweatshirt. Das silbrige Haar, zu einem Zopf geflochten, reichte lang den Rücken hinab. Er war groß und durchtrainiert wie immer, zeitlos schön, unverändert seit Jahrzehnten. Nein, korrigierte sich David in Gedanken, nicht seit Jahrzehnten, sondern seit Jahrhunderten. Seine goldenen Augen schimmerten. David streckte die Arme nach ihm aus.

Terv öffnete mit beiden Händen Davids Schenkel und schob sich dazwischen. »Ich muss meine Fähigkeiten nutzen, David. Diesen Drang hatte ich schon immer. Ich sehe das als«, er zögerte, »als Wiedergutmachung.«

»Wiedergutmachung?« David sah ihn erstaunt an. »Aber wofür denn?«

Sinnierend nahm Terv seine Hand. »Dafür, dass ich mir eine gottgleiche Fähigkeit angeeignet habe, die mir eigentlich nicht zustand: die Unsterblichkeit.« Er stockte. »Auf jedem mir bekannten Planeten herrscht das Gesetz von Geburt und Tod, von Wachstum und Verfall. Das ist die natürliche Ordnung. Die Erneuerung ist das von einer höheren Kraft gewollte Prinzip. Ich, du, die Duocarns – wir haben uns aus diesem Kreislauf ausgeschlossen. Wir vergehen nicht. Alles stirbt irgendwann: Sonnen, Planeten, der Wind, Steine – nur wir nicht. Die Einzigen, die nicht sterben, sind die Götter, David. Wir haben uns mit Hilfe des Sternentores eine gottähnliche Eigenschaft verliehen.«

»Das denkst du wirklich?« David sah ihn erstaunt und gespannt an.

»Ja. Und deshalb habe ich die verdammte Pflicht mit diesem quasi ergaunerten Leben etwas Sinnvolles zu machen. Ich besitze viele Talente. Die Duocarns könnten diesen Planeten beherrschen. Wir beide wissen, dass es nichts Dümmeres gibt, als die Weltherrschaft anzustreben. Wer will schon über Milliarden herrschen, deren einziges Ziel es ist, sich und ihre Umwelt zu zerstören? Trotzdem ist da noch viel Erhaltenswertes auf diesem Planeten. Die meisten Lebewesen auf der Erde sind unschuldige Opfer, die unter ihrer eigenen Art und ihrem Schicksal schrecklich leiden. Aus diesem Grund helfe ich den Menschen. Mögen sie es verdient haben oder nicht. Es ist nicht meine Aufgabe, über sie zu richten. Das tun höhere Wesen.«

»Du glaubst an Gott?«, fragte David erstaunt. Terv war an diesem Abend so anders. Er kam ihm fremd vor. Ein solches Gespräch hatten sie nie geführt. Wieso eigentlich nicht? Wäre das nicht angebracht gewesen, damals, bevor er für ihn durchs Sternentor gegangen war?

Tervenarius nickte. »Ja, ich denke, da ist eine höhere Instanz, die die Geschichte eines jeden Lebewesens im Universum bereits geschrieben hat. Die Akasha-Chronik, wie die Menschen sagen, ist verfasst. Alles Leben ist dort verzeichnet – es hinterlässt eine Spur. Auf Duonalia gibt es dafür ebenfalls eine Bezeichnung: Aetertalidar Commenta.«

»Und ich?«, fragte David. »Ich tue nichts Sinnvolles. Ich bin durchs Sternentor gegangen weil, weil...«

»Aus Liebe.«

»Ja«, bestätigte David mit tonloser Stimme. Er selbst war auch so ein Geschöpf wider die Natur. Weil er bei Terv sein wollte. Das war der einzige Grund. Er hatte es nie bereut. Bisher nicht.

Terv ließ seine Hand los, die er sanft gestreichelt hatte, packte Davids Kopf mit beiden Händen und sah ihm tief in die Augen. »Ohne dich wäre ich niemals so weit gekommen. Nur durch deine Unterstützung habe ich die Kraft, all das zu tun. Du bist meine Familie. Reicht es dir nicht, ein Teil von mir zu sein? Du hast dich die ganze Zeit um mich und um die Häuser gekümmert. Ich dachte, das füllt dich aus.«

Ja, Terv sagte die Wahrheit. Alles stimmte. David musste darüber nachdenken. Was hatte er in den vergangenen Jahren getan? Er war ein guter Architekt geworden, hatte sich und seine Entwürfe den schlimmen Gegebenheiten der letzten Jahrzehnte angepasst. Die Weltbevölkerung war durch Seuchen und Krisen um die Hälfte dezimiert worden und diejenigen, die übriggeblieben waren, mussten mit den verbliebenen Ressourcen haushalten. In vielen Regionen tobte weiterhin der Kampf um das Wasser. Kanada war das Glück hold gewesen, zumal die kanadische Regierung immer einen kühlen Kopf bewahrt und rechtzeitig Energie und Vorräte klug verteilt hatte. Das Haus in Seafair war durch die große Sturmflut von 2055 verwüstet worden, deshalb hatte David in den Bergen oberhalb von Vancouver ein neues geplant und errichtet. Auf dieses Heim war er besonders stolz, denn es war ein mit komplizierter Technik versehenes Energie-Haus, das sich selbst versorgte. Ein Gebäude, in dem der wärmeliebende Tervenarius nicht mehr fror. Es hatte einen großen Teil des gewaltigen Duocarns-Vermögens verschlungen. Aber waren nicht all diese Projekte letztendlich nur für sie gewesen? Als Unsterblicher hatte er nicht nur egoistische Verpflichtungen. Sein soziales Gewissen war geweckt.

»Nein Terv, das reicht nicht. Ich werde darüber nachdenken, wie ich meine Fähigkeiten in gleichem Maß wie du positiv für die Menschheit einsetzen kann. Ich will nicht als Schmarotzer auf diesem Planeten leben, alles benutzen und genießen und nichts für den Erhalt dieser Welt tun.«

Tervenarius lächelte. »Das finde ich gut.« Sein Lächeln verwandelte sich in ein Grinsen. »Aber nur, solange du mich nicht vernachlässigst.« Er drückte das Gesicht in Davids Halsbeuge und atmete tief ein. Das war angenehm.

Inzwischen wusste David, wie Tervenarius ihn wahrnahm. Er genoss Tervs weiche Lippen an seinem Hals und die Art, wie er die Nase an seiner Haut rieb.

Viele Jahre zuvor war er schockiert gewesen, als er verstanden hatte, dass Tervs Geruchssinn weitaus sensibler war als der eines Hundes. Er nahm mikroskopisch kleine Pilze mit Mund und Nase wahr und entdeckte sofort jede Veränderung seiner Haut. Terv konnte ihm sagen, dass er Auto gefahren, in einem Blumenladen oder einer Buchhandlung gewesen war. Überall fing David Aromen und Mikroorganismen ein, und so gründlich er sich auch wusch – Tervenarius war fähig, seinen gesamten Tagesablauf zu erschnuppern. Im Gegensatz zu dieser komplexen Geruchswahrnehmung war Tervs Sehvermögen schlecht. Die Erkenntnis, dass seine wunderschönen Augen keine Farben wahrnehmen konnten, hatte David erschreckt.

Inzwischen hatte er sich an Tervs kontrollierendes Riech-Verhalten gewöhnt.

»Und?«, fragte er leicht amüsiert. »Wo bin ich heute gewesen?«

Tervs Lippen berührten sein Gesicht, sein Haar. Er nahm seine Hände und küsste die Fingerspitzen.

»Ich würde sagen, das riecht nach einem Rundum-Wellnesspaket. Du warst beim Friseur, im Nagelstudio und bist am Meer gewesen.«

Das stimmte natürlich.

91

»Und halt!« Terv küsste seine Handflächen. »Du hattest einen kleinen Anfall von Geilheit und hast dich berührt.«

David entzog ihm schnell die Hände, spürte, dass ihm das Quecksilber vor Verlegenheit vermehrt in die Gesichtshaut strömte.

»Du warst nicht da«, antwortete er leise und drehte den Kopf zur Seite.

Er fühlte, wie sich Tervs naher Körper versteifte. »Also vernachlässige ich dich doch«, stieß er hervor.

»Ich bin erwachsen, Terv. Ich kann nicht erwarten, dass du rund um die Uhr für meine Befriedigung zur Verfügung stehst. Es ist alles okay, so wie es ist.«

Tervenarius hatte mit gesenktem Kopf zugehört. »Nein.« Er blickte David an, fuhr liebevoll mit dem Daumen über seinen Mund. »Ich fühle mich aber zuständig. Wenn nicht ich – wer sonst? Du bist das Wichtigste in meinem Leben. Die Arbeit kann warten – alles andere kann warten, David. Ich ... ich wollte dir eine Frage stellen ...«

»Was willst du wissen?«

Was kam denn jetzt? Sie waren nun fast ein Jahrhundert zusammen. Gab es noch mehr zwischen ihnen, das er noch nicht wusste? Eine leichte Beklemmung schlich sich in Davids Brust.

»Ich wollte dich eigentlich schon seit geraumer Zeit fragen: Möchtest du mich heiraten?« Terv fixierte ihn fest, sein goldener Blick schimmerte weich.

David fiel die Kinnlade herunter. Gleichzeitig löste sich das stramme Gefühl in seinem Inneren und machte einer berauschenden Glückswoge Platz.

»Aber, aber ...«, stammelte er, völlig aus der Fassung gebracht. »Ich dachte, damals, als ich durchs Sternentor ging. Das war für mich eine Art Hochzeit. Du willst heiraten? Nach welchem Ritus? An welchem Ort?« Seine Gedanken überstützten sich.

Terv streichelte seine Wange und lächelte. »In einem Monat jährt sich der Tag zum hundertsten Mal, an dem du mir auf die Schulter geknallt bist, weil du dachtest du könntest fliegen. Ich bin der Meinung, dass wir alle einhundert Jahre heiraten sollten. Dazu suchst du einen schönen Platz auf einer Welt aus, wir laden unsere Freunde ein und machen ein Fest.«

David hatte ihm mit offenem Mund zugehört. Sein Herz schlug bis zum Hals. »Ich hätte niemals gedacht, dass du dir den Tag gemerkt hast.« Gegen seinen Willen rannen Tränen aus seinen Augen. Rührung schnürte ihm die Kehle zu.

»Es war der zehnte April, David. Auch wenn ich damals eine Weile gebraucht habe, um zu begreifen, was du für ein Juwel bist – diesen Tag werde ich nie vergessen.« Tervenarius strich sanft mit den Fingerspitzen über Davids Tränen, besann sich dann und leckte sie sacht mit der Zungenspitze von den Wangen.

Schlagartig schoss die Lust in Davids Schwanz. Er klammerte sich an Tervs Oberarme.

»Komm, David, lass uns jetzt lieber nach Hause fahren.«

Lächelnd löste Tervenarius seine Hände, ging zum Kleiderständer, um seinen Mantel zu holen und hängte ihn sich um die Schultern. David rutschte vom Tisch. So war es immer gewesen. Terv führte ihn – und er ließ sich gerne führen. Er fühlte sich wie benebelt von Tervs Heiratsantrag und lief wie hypnotisiert mit Terv zum Lift.

»Ist alles in Ordnung, David?« Sie stiegen ein.

»Ich kann das noch gar nicht so recht glauben. Du machst mir nach so langer Zeit einen Heiratsantrag?«

Er spürte sein weiterhin hartes Glied in der Jeans. »Hast du eventuell einen Grund, so etwas zu machen? Vielleicht ein schlechtes Gewissen?« Eigentlich wusste er selbst nicht, warum er das sagte, und bereute es im gleichen Moment.

Terv stand ihm im hellgelben Neonlicht des Aufzugs gegenüber und sah ihn an wie von Blitz getroffen. Dann knallte er mit der flachen Hand auf den Stopp-Schalter des Lifts, der sofort anhielt. »Das meinst du doch jetzt wohl nicht im Ernst!« Er kam ganz nah an David heran und drückte ihn gegen die Aufzugwand. Er spürte den Handlauf des Aufzugs im Rücken.

Tervs Atem war süß und würzig, denn er hatte in den vergangenen Jahren eine Vorliebe für Grapefruitblütenduft entwickelt, süß aber doch herb. David schloss kurz die Lider und atmete ihn ein. Nun war seine Jeans endgültig zu eng geworden. Sein Schwanz pochte von innen gegen den Reißverschluss. Das spürte Tervenarius nun auch. Seine Augen flimmerten und ein Lächeln breitete sich auf seinem Gesicht aus wie Sonne, die durch die Wolken bricht. »Du hast vor, mich zu provozieren. Du bist geil und willst mich ärgern.«

Ohne zu zögern, griff Terv nach dem Bund von Davids Jeans und öffnete sie, zog ihm die Hose mit einem Ruck nach unten. »Terv! Im Aufzug! Wenn jemand ...« Er wusste, es war sinnlos, mit so einem Argument zu kommen. Tervenarius war der Chef, und wenn es ihm einfiel, nach der Geschäftszeit in seiner Firma eine Orgie zu feiern, hatte das niemanden zu stören. David klammerte sich an das schmale Metallgeländer, das an den Wänden einmal um die Kabine führte. Tervenarius hatte ihn inzwischen auch von der Unterhose befreit, zwang ihn, aus den Sneakers zu steigen und zerrte die Hose nach unten weg.

David fühlte, wie ihm erneut das Quecksilber ins Gesicht schoss. Er stand in dem blendend hellen Licht des Lifts mit nacktem Unterleib, den Schwanz steif vor sich stehend und fühlte sich zu Recht bestraft. Das hatte er nun von seinen unbegründeten Verdächtigungen. Er sah, dass Terv seine Verlegenheit in vollen Zügen genoss. »Schämst du dich eigentlich nicht, so hier herumzustehen«, zischte er. »Ich sollte dich an den Handlauf kleben und so stehen lassen, bis morgen früh die Sekretärinnen kommen.«

»Das wirst du nicht tun!« David stieß das völlig überzeugt hervor – aber war sich überhaupt nicht sicher. Tervs Klebepilze hafteten extrem hartnäckig. Nein, Tervenarius würde ihn nicht so bloßstellen. Dummerweise erregte ihn der Gedanke an diese Demütigung noch mehr.

»Ach, sieh an.« Terv packte seinen Schwanz fest mit der linken Hand und strich mit dem Daumen über die Eichel, um den kristallinen Erregungsfaden von dort abzunehmen. »Diese Vorstellung scheint dem perversen Herrn zu gefallen.«

Mit der Rechten fuhr sein Geliebter in das Tal zwischen Davids Pobacken und rieb seine Sporenflüssigkeit in die Spalte, verharrte länger sanft massierend an der Öffnung. David seufzte und spreizte die Beine.

»Du bist gierig«, kommentierte sein Schatz lakonisch. »Ich werde dir diese Gier austreiben.«

»Oh ja«, stöhnte David. Er hatte das Gefühl, dass sein Gehirn völlig leer war, denn er konnte nur noch schleppend denken. Was hatte Terv vor? Würde er jetzt die Hochzeit zur Strafe ausfallen lassen?

Mit einem Ruck riss sich Tervenarius den Gürtel aus den Schlaufen seiner Jeans. Der Mantel fiel zu Boden. David blickte auf den Ledergürtel, der sich wie eine

Schlange in seinen weißen Händen wand. Wenn jetzt kam, was er vermutete ...

»Dreh dich um!«

Ja, nun wusste er, wie die Strafe aussehen würde. Er drehte sich mit dem Gesicht zur Wandverkleidung, hielt weiterhin die schmale Metallleiste fest und reckte Terv den Po entgegen.

»So«, Tervs Stimme knisterte regelrecht. »Du denkst also, ich hätte ein schlechtes Gewissen?« Der erste Hieb knallte auf Davids nackte Pobacke. Ein scharfer Schmerz zuckte durch seinen Leib. »Obwohl ich den ganzen Tag hier in der Firma sitze und arbeite.« Er traf klatschend die andere Seite, was nicht weniger weh tat. »Du denkst, ich hätte vielleicht ein Verhältnis mit einem der Bürohengste, was?« Er schlug wieder mit dem Gürtelende zu.

»Nein, Terv. Es war unüberlegt, was ich da gesagt habe«, keuchte David. Sein Glied war vor lauter Schreck über den Schmerz zusammengefallen, aber seine Geilheit blieb unverändert.

»Das ist mir jetzt völlig egal.« Der Lederriemen klatschte auf sein Hinterteil herab. Die Striemen brannten wie Feuer. Er schrie. Erst als sein Schreien in Wimmern überging, hielt Terv inne.

Er ließ den Gürtel fallen, drehte David zu sich um, betrachtete liebevoll sein Gesicht und drückte ihn gegen die Wand. Küsste ihn tief und mit einer Leidenschaft, die Davids Feuer neu entfachte. Seine Pobacken brannten und juckten gleichzeitig. Nun spürte er Tervs angenehm kühle Hände, die sie umfingen und ihn hochhoben. Erst jetzt bemerkte er, dass Terv seinen eigenen Schwanz befreit hatte, der sich an sein nacktes Fleisch drückte. Er fühlte Tervs glatte Eichel dort, wo er sie sich am meisten wünschte und schloss die Augen, als er sein Glied in ihn schob, den nachgiebigen Eingang dehnte und ganz ausfüllte – tief eindrang.

David liebte ihn mit jeder Faser, war ihm dankbar für das Spiel, das er so dringend brauchte. Terv nahm oftmals kleine Dinge auf und benutzte sie – so wie diesen unüberlegten Satz. Dann musste er sühnen – und er büßte gerne, genoss jeden Stoß, den eisernen Griff, die Kraft, mit der er gehalten wurde. Er war Tervenarius völlig ausgeliefert, wollte ihn so sehr. Die Beine fest um Tervs Leib geschlungen, klammerte sich David an seinen Hals. Terv stieß ihn hart und heftig, er knallte mit dem Rücken gegen die Aufzugwand, fühlte den kalten Handlauf unter seinem Po. Tervs Hände, die sich in sein geschundenes Fleisch krallten, brachten David zum Überlaufen. Er floss. Der starke Orgasmus ließ ihn die Augen verdrehen, sein Saft spritzte und tröpfelte aus seinem zuckenden Glied. Als hätte Tervenarius auf diesen Moment gewartet, suchten seine Lippen Davids Mund. Er penetrierte ihn mit der Zunge und füllte gleichzeitig mit harten Stößen eine warme Flut in seinen Leib. Er nimmt mich in Besitz und nichts auf der Welt könnte ihn davon abhalten, schoss es David durch den benebelten Verstand, ein Gedanke, der seinen Höhepunkt weiter anheizte. Sie standen einen Moment – schwer atmend und unbewegt.

Terv löste seinen Mund. »Und jetzt will ich es endlich wissen«, keuchte er. »Willst du mich heiraten?«

»Ja!« Er schrie es fast. Er war so glücklich! Terv war alles, was er in den vergangenen Jahren begehrt hatte und den er noch Äonen lang haben wollte.

Tervenarius ließ den Penis langsam aus seinem Körper gleiten und setzte ihn behutsam auf den Boden.

»Warum muss ich eigentlich immer solche Methoden anwenden, um eine einfache Antwort auf eine simple

Frage zu bekommen?«, fragte er, während er sein Glied in der Jeans verstaute, kopfschüttelnd das Sperma auf seinem schwarzen Shirt betrachtete und anschließend seinen Mantel vom Boden aufklaubte. Schließlich hob er den Kopf und lachte ihn an.

Oh mein Gott, dachte David. Kann man vor Liebe wahnsinnig werden? Und dann musste er ebenfalls lachen.

Tervenarius überließ David die Planung der Hochzeit, hatte er doch sofort gemerkt, dass dieser sich unbändig freute, diese Feier zu organisieren. Also blieb ihm nur noch übrig, seinen Liebesschwur zu verfassen.

Gedankenverloren kaute Terv an seinem Federkiel und blickte sinnierend in die flackernden Flammen, mit denen das schwarzborkige Holz im Kamin verbrannte. Es war nicht so, dass ihm nichts einfiel. Im Gegenteil, es gab eine solche Unmenge an Gründen, warum er mit David zusammen war, dass er unschlüssig versuchte, einige zu finden, die er in wohlklingende Worte kleiden konnte. Die anderen Duocarns und alle ihre verbliebenen Freunde würden anwesend sein, und er wollte vor ihnen nicht zu intim werden, geschweige denn schwülstig. Andererseits erwartete David bestimmt einen gefühlvollen Liebesschwur. Es fiel ihm schwer, einen Mittelweg zu finden, der nicht zu viel Privates offenbaren, aber David doch zu Tränen rühren würde.

Terv lauschte auf die quirlig sprudelnden Brunnen, deren Plätschern durch die geöffnete Wohnzimmertür der Residenz auf Sublimar drang. David hatte beschlossen, die erste ihrer vielen Hochzeiten auf der Terrasse des Domizils zu feiern. Troyan, Solutosans Halbbruder, der das auranische Volk zuverlässig und gerecht regierte, war von dieser Entscheidung entzückt gewesen. Zumal dessen eigene Trauung mit einer Tochter des aquarianischen Königs Maurus ebenfalls noch anstand. Diese würde allerdings halb auf dem Land und zur anderen Hälfte im Wasser stattfinden, wo die Wasserwesen sich wohler fühlten.

Es war damals eine gute Idee von Solutosan gewesen, die Aquarianer auf dem Wasserplaneten Sublimar unterzubringen. Maurus' Volk hatte sich im Riff nahe der Residenz angesiedelt und vermehrt. Auch Troyans Schwester Tabathea hatte unter den stolzen aquarianischen Kriegern einen Auserwählten gefunden.

Liebe, wohin man schaut, überlegte Tervenarius. Es ist schön, auf so einem harmonischen und gesunden Planeten zu verweilen. Im Gegensatz zu der durch Kriege, Seuchen und Umweltkatastrophen zerstörten Erde. Noch hielten Patallia und er an der Menschheit fest und versuchten, das Leid der Menschen mit der Entwicklung neuer Medikamente zu lindern. Die Produktion wurde jedoch durch die dort herrschende Rohstoff-Knappheit massiv erschwert. Die Preise waren explodiert. Ob er David vorschlagen sollte, die Erde zu verlassen?

David... Terv blickte versonnen auf Marlon, einen von Solutosans Squalis, der seine nasse Schnauze aus der Öffnung in dem bunten Steinfußboden des Wohnzimmers geschoben hatte und ihn nun mit blanken Augen beobachtete.

Eigentlich war Terv nicht der Typ für Liebesschwüre. Er trug sein Herz nicht auf der Zunge. Trotzdem ließ er sich in intimen Momenten immer wieder dazu hinreißen, David zu bekennen, was er empfand. Und das nun öffentlich? Welcher Dämon hatte ihn geritten, David vorzuschlagen, alle hundert Jahre eine Hochzeit zu feiern und ein Gelübde abzulegen?

»Wie finde ich nur die richtigen Worte, Marlon?«, fragte er den nass glänzenden, delfinartigen Squali, der leise quakte, den Kopf weiter aus der Öffnung schob und heftig nickte, als wollte er ihm sagen: »Ja, ja, du schaffst das, ja, ja.«

Ich liebe dich, die Feder kratzte. *Du bist das Licht in der unendlichen Dunkelheit.* Das war ein guter Anfang.

Er vernahm Schritte und Stimmen, die sich dem Wohnzimmer näherten. Schon stand ein strahlender David im Raum. Er trug ein hellblaues, changierendes Serica-Gewand, das genau zu seinen silbrigen Augen passte, und hielt die Arme um einen großen Karton voller klappernder Gegenstände geschlungen. Tabathea begleitete ihn mit einer weiteren Kiste in den Händen.

»Dekoration, Terv!«, verkündete er. »Thea und ich werden jetzt die Terrasse für morgen schmücken. Du glaubst nicht, was sie aus dem Tiefen der Residenz zu Tage gebracht hat. Alles aus Perlmutt. Stell dir vor!« Ohne den Karton hinzustellen, zog er mit einer Hand an einer Schnur, um einen Gegenstand herauszufischen, der sich offensichtlich in seinem Behälter verheddert und verklemmte. Das schien seine umwerfend gute Laune nicht zu schmälern. »Ach nein, du sollst es sowieso erst sehen, wenn es fertig ist.« Er lief an ihm vorbei auf die Terrasse.

Tabathea folgte ihm geduldig lächelnd. Erneut erinnerte sie Tervenarius an eine Märchen-Königin mit ihrem zu einem Kunstwerk gewundenen blauen Haar, dem schlanken Hals und den übergroßen, grünen Sternenaugen. Ihre zartschuppige, silbrig weiße Haut schimmerte. Als Tochter einer Sirene und eines Sternengottes besaß sie eine blendende Schönheit und eine exquisite Eleganz, die Terv bestaunte, wann immer er sie sah. Es schien ihr Spaß zu machen, mit David die Hochzeit zu planen. Vielsagend lächelnd folgte sie seinem Liebsten durch die doppelflügelige Pforte nach draußen.

Tervenarius hatte ihn nicht zurückkommen hören, aber plötzlich stand David hinter ihm. »Was schreibst du denn da?«

Terv fuhr zusammen wie ein beim Mogeln ertappter Schuljunge und drehte blitzschnell die Blattoberseite nach unten. »Nichts.«

Er spürte David hinter sich lächeln, der ihm die Hände auf die Schultern legte, den Mund in seine linke Halsbeuge drückte und mit den Lippen sanft seinen Haaransatz berührte, was ein wohliges Gefühl seinen Arm hinablaufen ließ. Entspannt schloss Tervenarius die Augen.

Einhundert gemeinsame Jahre. Sie waren zu einer vertrauten Einheit zusammengewachsen. Aber trotzdem empfand er Davids Anwesenheit und Zuneigung niemals als selbstverständlich. Jede Zärtlichkeit fühlte sich neu an und war ein bewusstes, nur für ihn erdachtes, liebevolles Geschenk.

Genießerisch hielt er seinen Kopf geneigt und spürte dem warmen Gefühl nach, bis David sich aufrichtete. Tervenarius öffnete die Augen, ergriff das Stück Papier, zerknüllte es und warf es ins Feuer, wo es sich augenblicklich in Asche verwandelte. Wenn der Moment da war, würde er von selbst die richtigen Worte finden.

Tervenarius musste die Augen kurz schließen, als er am nächsten Morgen auf die Terrasse der Residenz trat, denn das glitzernde Flirren traf ihn unvorbereitet. David und Tabathea hatten ganze Arbeit geleistet. Das Sonnenlicht reflektierte nicht nur die glänzenden Wellen des Meeres, das unterhalb der Brüstung schäumte. Es brachte auch die an unzähligen Schnüren angebrachten, sich im leichten Wind drehenden Perlmutt-Plättchen dazu, kleine Spitzer Licht in unregelmäßigem Rhythmus auszusenden. Zusätzlich hatte David helle Korallenfächer und stark duftende, weiße Blüten an den Wänden und der Umgrenzungsmauer befestigt, die wunderbar zu den grazilen Muschelschalen passten.

Seitlich hatte man einen Tisch mit Leckereien für jeden Geschmack aufgebaut: Kristallkaraffen mit Wasser und Kefir und Platten mit Fischhäppchen für die Aquarianer sowie Sushi für den einzigen Menschen unter den Gästen: Smu.

Dank Patallias Medikation und guter Pflege lebte der Freund seit bereits 150 Jahren, und grinste ihm nun leicht gebeugt, mit Stirnglatze, aber unveränderter Energie entgegen.

Tervenarius blickte sich um. Alle Gäste waren in die auf Sublimar üblichen, farbigen Serica-Gewänder gekleidet, die bei jeder Bewegung changierten. Der Paradiesvogel Smu hatte eines in besonders bunten Farben gewählt. Dem Anlass entsprechend trug Terv ebenfalls eine feierliche Robe. Sein dunkelblaues Serica-Gewand wirkte festlich und edel, passte zu seiner hellen Haut und dem offenen silbern-weißen Haar.

Glücklich, seine alten Freunde zu sehen, begann Tervenarius seine Begrüßungs-Tour. Er umarmte zuerst den großen, alterslosen Solutosan, danach den lächelnden Energetiker Ulquiorra, Meodern, der mit seiner

Frau Trianora und seinen beiden Kindern erschienen war, sowie Patallia und Smu. Hinter ihm trat Tabathea mit einer weiteren Gästeschar auf die Terrasse. Sogar der Trenarde Luzifer hatte für diesen Anlass ein Gewand gewählt, in dem er sich unwohl zu fühlen schien, denn er wackelte unter dem ungewohnten Stoff missmutig mit den Schultern. Bewegt schüttelte Terv die Hände der beiden uralten Quinari Arishar und Arinon, die ledern, faltig, jedoch stolz und hoch aufgerichtet vor ihm standen. Bei ihrem Anblick wurde Tervenarius klar, dass es eine gute Idee gewesen war, alle einhundert Jahre eine Hochzeit zu feiern, allein schon aus dem Grund, um die verbliebenen Freunde zu vereinen. Würden Smu und die Quinari beim nächsten Gelübde noch anwesend sein? Das war unwahrscheinlich. Er blickte in Arinons gelbe Augen und sah darin den gleichen Gedanken. Der Mann nickte. Ja, dieser Verlust war unabänderlich.

Doch es war seine Hochzeit und nicht der richtige Zeitpunkt für schwermütige Grübeleien. Wo David wohl blieb?

Auch fehlten noch die Gäste aus den Reihen der Wasservölker sowie der Gastgeber Troyan. Die Vize-Regentin der Piscanier, Lulli, würde die Zeremonie höchstwahrscheinlich von der Meerseite aus verfolgen, da ihr Fischschwanz ihr einen Aufenthalt auf dem Land unmöglich machte. Waren da nicht weiße, winkende Arme in den Wellen? Ja, die kleine Piscanierin reckte den mit Atementakeln bespickten Kopf aus dem Wasser und lachte ihn mit aufgerissenen Glubschaugen an. In diesem Augenblick stemmte der grazile aquarianische König Maurus seinen schlanken Leib über die Umgrenzungsmauer und kam tropfend vor ihm zum Stehen. Sein türkisfarbenes Serica-Gewand und das waldgrüne Haar trockneten in Sekundenschnelle. Er nickte Tervenarius mit glitzernden Kristallaugen höflich zu. »*Ich danke dir für die Einladung*«, sagte er telepathisch. »*Ich bin allein gekommen, da meine große Familie den Umfang dieses Festes gesprengt hätte.*« Er lächelte und Terv wusste nicht so recht, wie er den fremdartigen Mann begrüßen sollte. Deshalb verbeugte er sich und erwiderte er ebenso charmant: »*Ich danke dir für deine Rücksichtnahme und freue mich über deine Anwesenheit.*«

Wo blieb David nur?

Terv blickte in die Runde. Bis auf Luzifer schien es allen Gästen gut zu gehen. Die meisten hatten sich lange nicht gesehen und unterhielten sich angeregt. Smu entdeckte das kalte Büffet und testete neugierig die angebotenen Gerichte.

»Komm mal mit, Luzifer«, raunte Tervenarius dem Trenarden zu. Unlustig folgte dieser ihm ins Wohnzimmer. »Zieh das Gewand ruhig aus. Das stört hier niemanden.«

»Halia hat gesagt, dass ich nicht halbnackt herumlaufen soll. Das wäre ein feierlicher Anlass. Sie lässt sich übrigens entschuldigen, aber die komplizierte Schwangerschaft erlaubt es nicht, dass sie jetzt reist.«

»Was?« Es war das erste Mal, dass Terv von Halias Zustand hörte. Der feuerspuckende Trenarde, der in diesem Moment sein Gewand über seine kurzen Hörner zog, es auf einen Stuhl pfefferte und erleichtert einen Schwung Lava in den Kamin spie, hatte die Tochter des Sternenkriegers Solutosan geschwängert? Terv schluckte trocken. Glücklicherweise war das nicht seine Angelegenheit.

Sein Problem war vielmehr, dass David nicht da war und er immer noch keinen Text für seinen Liebesschwur hatte, was ihn doch allmählich verunsicherte.

Er folgte Luzifer, der nun wie üblich nur ein Stück Kettengewebe zwischen den Beinen trug, auf die Terrasse hinaus und stand etwas ratlos da.

»Die Zeremonie kann beginnen«, verkündete eine wohlklingende, halblaute Stimme hinter ihm, die eine solche Intensität besaß, dass alle Gespräche augenblicklich verstummten.

Es war ihr Gastgeber und auranische Regent Troyan, der wunderschöne Sohn einer Sirene und eines Sternengottes, der mit David auf den weiß glänzenden Steinfußboden der Terrasse trat.

Tervenarius erstarrte. Troyan war eine blendende Schönheit, der Mann an seiner Seite besaß jedoch ein solches inneres Strahlen, dass Terv kaum glauben konnte, dass dort sein langjähriger Partner stand. War das wirklich David? Die rabenschwarze Haarflut reichte bis über die Schultern und reflektierte das Licht der Sonne. Die metallisch-weiße Haut glänzte und seine silbrigen Augen strahlten. Er bewegte sich lasziv. Es war, als hätte sich der Mond-König dem Sonnenschein preisgegeben.

Atemlos ließ Terv den Blick über Davids Körper gleiten. Das Kleid bestand aus ... fassungslos starrte er auf die halb durchsichtige Materie, die Davids Kleidung darstellte. Sein wohlgeformter Leib war deutlich zu erkennen. Er wirkte fast nackt, jedoch besaß das enganliegende Gewand rankenförmige Stickereien an den richtigen Stellen, die seine Proportionen teilweise verhüllten, aber gleichzeitig auf das Vorteilhafteste betonten. So eine knisternd erotische Aufmachung hatte Tervenarius noch nie bei einem Mann gesehen. Gegen seinen Willen schoss sein Glied in die Höhe, was er augenblicklich mit einer Handbewegung bemäntelte.

Gleichzeitig versuchte er, es mental zur Ruhe zu zwingen. Glücklicherweise besaß sein Gewand lange Ärmel. Er blickte in die Runde der sprachlosen Anwesenden und entdeckte die gleiche Gebärde bei Smu und Arinon, was ihn unfreiwillig zum Grinsen brachte. Verdammt, Grinsen war nun überhaupt nicht angesagt. Terv sah in die Gesichter der Gäste, die je nach Grad ihrer Selbstbeherrschung lächelten oder David mit offenem Mund anstarrten.

Eindeutig, dieser Auftritt war David geglückt. Tervenarius wandte sich zu ihm und wollte etwas sagen, als zuerst Luzifer und dann der Rest ihrer Freunde begann, Beifall zu klatschen. David strahlte und Tervs Herz flog ihm zu. Er besaß diesen Mann, nur er allein. David war ein Juwel, das er nicht hoch genug würdigen und laut genug preisen konnte. Und das wollte er nun tun. Mit wenigen Schritten war Terv bei ihm, nahm David an die Hand und ging mit ihm zum Rand der Brüstung, wo ein flirrender, mit Blüten bestückter Bogen die entscheidende Stelle für ihren Schwur kennzeichnete.

»Ich bin nun froh, dass ich mir kein Gelübde zurechtgelegt habe«, hob Tervenarius an. Das Klatschen erstarb. »Denn nichts hätte mich auf deinen heutigen Anblick vorbereiten können.« Er ergriff auch Davids andere Hand. »Als ich dich eben sah«, er musterte seinen Freund von oben bis unten, »hätte ich dich am liebsten sofort angesprungen, dir das wunderschöne Kleid hochgestreift und ...«. Inzwischen war die Stille atemlos, nur das leichte Klirren der Perlmuttplättchen hing in der Luft. Tervenarius wandte sich zu den Gästen »... keine Sorge, das spare ich mir für die Hochzeitsnacht.« Er grinste, die männlichen Anwesenden lachten kurz auf, während Tabathea und Trianora huldvoll lächelten.

Terv blickte seinem Schatz liebevoll ins Gesicht, der ihn mit großen Augen betrachtete. »Ich habe eben erneut festgestellt, dass ich seit einhundert Jahren nicht nur mit dem warmherzigsten, klügsten und einfühlsamsten Mann zusammen bin, sondern mit dem schönsten. Deine Liebe und deine Anwesenheit sind für mich trotz dieser langen Zeit nie zur Selbstverständlichkeit geworden. Ich weiß jeden Augenblick mit dir zu schätzen, denn aneinandergereiht ergeben sie ein erfülltes Leben mit dir.« Er dachte kurz nach. »Du weißt, dass ich dich als meinen Besitz betrachte.« Das war ein privater Satz, aber er lag ihm auf der Zunge. »Andererseits gehöre ich dir ebenfalls, so dass wir eine Einheit bilden. Ich schwöre dir hiermit, diese Verbundenheit zu pflegen und zu schützen wie bisher – vom heutigen Tag an weitere einhundert Jahre. Dann werde ich mein Gelübde erneuern. Ich will dir die Treue halten und mein Bestreben wird immer dahin gehen, dir das Dasein an meiner Seite so angenehm wie möglich zu machen. Ich liebe und achte dich. Du bist das Licht, das mein unendliches Leben erhellt, das mich führt, und die Finsternis davon abhält, nach meiner Seele zu greifen. Dafür möchte ich dir danken.« Er ergriff Davids Hände fester, blickte in dessen tränenerfüllte Augen, sah, wie sein Schatz tapfer schluckte.

»Du bist mein Geliebter und Gebieter«, hob David an. »und ich will, dass das immer so bleibt. Du führst mich, wenn ich auf unsicherem Untergrund strauchele, fängst mich auf und beschützt mich. Dafür möchte ich dir danken. Niemals hast du das Vertrauen, das ich in dich setze, enttäuscht. Du respektierst mich, und ich konnte mit deiner Hilfe und Führung zu dem Mann werden, der ich heute bin. Das macht mich sehr stolz.« David blickte in die Runde, sah in die lächelnden Gesichter der Gäste. »Du bist mein Vater, mein Sohn, mein Freund, mein Kampfgenosse und mein Geliebter. Ich schwöre, dass ich dir treu sein werde. Ich werde mich immer um dich kümmern, in Freud und Leid an deiner Seite stehen und dir auch die nächsten einhundert Jahre so schön wie möglich machen. Ich will mich deiner weisen Dominanz unterwerfen. Du bist mein Glück – mein Leben.«

Ihr Götter, dachte Terv, das war wahrlich privat und die Freunde hatten einen tiefen Einblick in ihre Beziehung bekommen. Nun war es jedoch gesagt und die Worte zerstreuten sich zwischen den flirrenden, klingenden Plättchen.

Niemand klatschte. Terv fühlte, dass ihre Gelübde die Freunde gerührt, aber auch nachdenklich zurückgelassen hatte. David klammerte sich an seine Hände. Mit einem Mal erklangen zwei Stimmen und verwischten die Wirklichkeit. Es dauerte einen Moment, bis Terv erkannte, wer da sang: Troyan und Tabathea, Kinder von Sirenen und mit begnadetem Gesangstalent gesegnet.

Die Melodie schwebte eine Weile über ihren Köpfen, senkte sich sacht, streifte ihre Gedanken und nahm sie mit. Terv fühlte David plötzlich weniger und zog ihn schnell in seine Arme. Ihre Gewänder knisterten. Beruhigt spürte er Davids harten, warmen Leib, ließ seine Sinne los, gab sich erneut den Stimmen hin. Sie führten ihn hinaus auf den Ozean, tauchten ihn ins Wasser ein, zeigten ihm die Schönheit des Meeres. Sie geleiteten ihn tiefer in die wohlige Dunkelheit, packten ihn plötzlich kraftvoll, führten ihn zum Licht. Er durchstieß die Wasseroberfläche und wurde in luftige Höhen getragen, hinauf bis zur Sonne – fühlte deren Glut und Wärme. Terv explodierte in ihr, zerstreute sich und seine Gedanken stürzten als winzige, blinkende Stücke ins Meer zurück. Einige Splitter fielen auf die Terrasse und mit einem Mal verstummte die Melodie. Er stand erneut eng umschlungen in Davids Armen. Verwirrt und beeindruckt lösten sie sich und sahen einander tief in die Augen. Das war eine wunderschöne Reise gewesen. Das i-Tüpfelchen auf ihre einhundertjährige Liebe.

Terv blickte in die Runde und erkannte an den verblüfften und gerührten Gesichtern seiner Freunde, dass diese ebenfalls den Stimmen gefolgt waren. David begann, wie wild zu klatschen. Er strahlte. Die Gäste folgten ihm und auch Terv stimmte mit ein.

Ihr Applaus mischte sich mit dem Rauschen des Meeres und dem leisen Klingeln von Davids Dekoration. Tervenarius überkam ein gewaltiges Glücksgefühl, das einzig durch die Berührung seines Mundes auf Davids zitternden Lippen zu toppen war, zu dem er sich hinabbeugte, um ihm auf diese Art zum abertausendsten Mal zu sagen: Ich liebe dich.

Tervenarius

©duocarns.com

Die Duocarns-Saga:

Alle Bücher sind als Taschenbücher
und Ebooks erhältlich.

Band 1 - "**Duocarns – Die Ankunft**"
ISBN: 978-3-943764-05-5 – 236 Seiten

Band 2 - "**Duocarns - Schlingen der Liebe**"
ISBN: 978-3-943764-00-0 – 198 Seiten

Band 3 - "**Duocarns - Die Drei Könige**"
ISBN: 978-3-943764-10-9 – 212 Seiten

Band 4 - "**Duocarns - Adam, der Ägypter**"
ISBN: 978-3-943764-02-4 – 204 Seiten

Band 5 - "**Duocarns - Liebe hat Klauen**"
ISBN: 978-3-943764-13-0 – 216 Seiten

Band 6 - "**Duocarns – Ewige Liebe**"
ISBN: 978-3-943764-14-7 – 228 Seiten

Band 7 - "**Duocarns - Alien War Planet**"
ISBN: 978-3-943764-17-8 – 276 Seiten

Band 8 - "**Duocarns – Nice Game**"
ISBN: 978-3-943764-49-9 – 204 Seiten

Band 9 - "**Duocarns – Edoculus**"
ISBN: 978-3-943764-58-1 – 228 Seiten

Band 10 - "**Duocarns – Final War**"
ist in Arbeit und beendet die Duocarns-Saga

Eigenständiges Buch:
"**Duocarns – David & Tervenarius**"

ISBN: 978-3-943764-42-0 – 240 Seiten

Die Kurzgeschichten zu den Duocarns:
"Duocarns – Suspiricons"
ISBN: 978-3-943764-43-7 – 116 Seiten

Die Duocarns Sammelbände:
**"Duocarns – Die fantastischen Sternenkrieger
Collection 1-3"**
ISBN: 978-3-943764-52-9 – 628 Seiten

**"Duocarns – Die fantastischen Sternenkrieger
Collection 4-6"**
ISBN: 978-3-943764-55-0 – 632 Seiten

Die Duocarns bei Amazon kaufen

Weitere Bücher von Pat McCraw

Historischer Liebesroman:
"Der schwarze Fürst der Liebe"

Bartel ist Söldner, Dieb und Wegelagerer: Rau, ungehobelt und schlagkräftig. Er führt seine Räuberbande mit harter, aber gerechter Hand. Sein Leben verändert sich, als er eine Hexe vom Pranger entführt. Engellin beeinflusst das Leben der ganzen Bande und treibt einen Keil in die Freundschaft zu seinem besten Freund Rudger. Der Wirbel der Ereignisse reißt alle in die Tiefe, bis nur noch wenige übrig bleiben.

Die historische Helden-Saga beschreibt temporeich, spannend und gefühlvoll eine Männerfreundschaft, Liebe, Eifersucht, Intrige, Kampf, Tod, Schuld und Sühne. Pat McCraw würzt diesen Reigen mit einer dezenten Prise Erotik.

Heiterer Liebesroman:
"Butch – Neben der Spur"

Es geht um die Eifel, Ziegen, Motorräder, Lesben, Rocker,
Festivals, gute Vorsätze, Jim Morrison, Lagerfeuer,
Hilfsbereitschaft, verborgene Gefühle und um die Liebe: Die
taffe Butch lebt mit ihren vier Ziegen und
ihrem Hund Harry in Monreal in der Eifel. Ihre Vorlieben
gelten ihrer Kawasaki und hübschen Frauen.
Der Zufall weht einen außergewöhnlichen jungen Mann in
ihr Haus. Sanft aber beharrlich beginnt Face ihr Leben zu
verändern.

Vorsicht! Böser Humor im Anmarsch!

Vielleicht hat der Markt nach dem seichten Shades of Grey nur auf ein amüsantes und knallhartes Gegenstück gewartet.Nach Liebeskugeln und Schlägen mit einer Samtpeitsche, nach dem Tanz ums goldene, männliche Kalb, wird die rosarote SM-Brille abgesetzt und mit festen Frauenhänden der Rohrstock gepackt, um ihn dann auf dem rosigen Popo eines Wohlstandsbürgers tanzen zu lassen.

Die Geschichte führt den geneigten Leser in die Peepshows von Hamburgs Reeperbahn bis in die Tiefen eines Dominastudios, in dem brave Familienväter freiwillig auf Untersuchungsstühlen liegen.

Fasziniert schildert MissMary welche Wünsche an sie herangetragen wurden, kategorisiert ihre submissiven Gäste in Sparten wie Adult Babies, Haussklaven, Kliniker, Fetischisten, Masochisten, Sissymaids, Pets uvm. Das 100-seitige Buch beschreibt die einzelnen Spezies witzig, hart, liebevoll und genau – jedoch nie obszön. Da sind Lacher garantiert.

MissMary verschweigt allerdings nicht die dunklen Seiten, die im Umgang mit dem "Sklavenpack" entstehen. Die Menschlichkeit bleibt in keinem Moment auf der Strecke. Sie klärt auf und gibt Ratschläge für Sicherheit und wichtige Verhaltensmaßregeln.

Einem Genre wird das Buch schwerlich zuzuordnen sein. Dem einen wird der Humor gefallen, dem anderen die Ratschläge, dem Dritten der tiefe und gnadenlose Einblick in die deutsche BDSM-Szene, bei dem phasenweise kein Auge trocken bleibt.

"Sklavenpack" ist nichts für Weicheier!

www.ingramcontent.com/pod-product-compliance
Lightning Source LLC
Chambersburg PA
CBHW030639130626
46552CB00002B/931